# E-Z DICKENS SUPERHELT BOG TRE:
## RØDT VÆRELSE

Cathy McGough

Stratford Living Publishing

# Hvad læserne siger

FEM STJERNER – AMAZON-ANMELDELSE

»Det var en rigtig sjov historie med masser af handling. Jeg elskede karaktererne, især EZ. Det var virkelig fedt, hvem hans familie var, og jeg var vild med det hvide rum. Faktisk tror jeg, jeg har brug for mit eget hvide rum og den nye evne, EZ fik mod slutningen af bogen – jeg vil ikke afsløre noget, men det var virkelig sejt. Som gamer satte jeg stor pris på handlingen. Ud over spillet syntes jeg også, at sjælefangere var et meget originalt og fedt koncept. Den slutning! Åh. Min. Jeg er nødt til at læse næste del for at se, hvordan det ender.«

# Ingrediensliste

For dem, der tror...

»En helt er en almindelig person, der finder styrken til at holde ud og udholde trods overvældende forhindringer.«


Christopher Reeve

# PROLOG

To år var gået, og det var den første december, E-Z's femtende fødselsdag. Selvom det var iskoldt udenfor, og snefnugene dalede ned omkring dem, var han, hans familie og venner fast besluttede på at holde festen udenfor, hvor de havde lavet et bål for at holde varmen og en grill.

Nu hvor Samantha og Sam var blevet gift, var der endnu mere travlt i Dickens-huset. Der var aldrig et kedeligt øjeblik, når vennerne kom på besøg.

Sam og Samanthas bryllup havde været en lille ceremoni, der blev afholdt på rådhuset. Lia havde været brudepige, E-Z var forlover, og Alfred, trompetist-svanen, var ringbærer.

Lia havde gjort grin med Alfred, fordi han var klædt i en marineblå butterfly og intet andet. Alfred var ikke forlegen over denne opmærksomhed, da han vidste, at han var i godt selskab med andre, såsom tidligere britiske premierministre.

»Hvis den store Winston Churchill syntes, at en butterfly var god nok til ham, så er den også god nok til mig!« sagde Alfred.

»Han røg også en stor fed cigar!« sagde E-Z. »Jeg håber ikke, du også begynder at ryge sådan en.«

Lia fniste.

»Bøfferne er klar!« råbte Sam. »Hvis I kan lide dem røde, så kom og tag dem nu.«

Kun Samantha kom frem med sin tallerken klar. »Din søn har lyst til rød i dag,« sagde hun og klappede sig på maven.

»Hvad min søn vil have, får han,« sagde Sam og lagde en bøf på sin kones tallerken. Hun stak en gaffel i midten, mens hendes mand lagde en bagt kartoffel og et par asparges ved siden af.

Samantha gumlede på asparges, mens hun gik hen til picnicbordet. Hun havde planlagt E-Z's fødselsdag ned til mindste detalje og brugt lang tid på at dekorere bordet med fødselsdagsting. Hun satte sig ned og skar sin bagte kartoffel over, hvorefter hun kom creme fraiche, purløg, smør og et par drys salt på.

E-Z, Lia, Alfred, PJ og Arden blev siddende, fordi det var varmere tæt på bålstedet. Onkel Sam kunne ikke lide, at folk stod og kiggede, når han stod ved grillen, så de holdt sig væk. Desuden kunne de alle godt lide deres kød godt gennemstegt, og det gav dem også mulighed for at snakke sammen og få en snak.

»Hvad synes I om vores superhelte-hjemmeside?« spurgte E-Z.

PJ og Arden kiggede på hinanden og trak på skuldrene.

»Kom nu,« sagde E-Z. «Hvad synes I virkelig om den? Jeg ved, I har kigget på siden, for onkel Sam hjalp mig med at se på dataene. Jeg anede ikke, at vi kunne finde så mange oplysninger, såsom hvem der besøger vores side, hvor længe de bliver, og hvad de kigger på. Og jeg genkendte jeres IP-adresser. Så sig mig, hvad I synes om den?«

»Hele sandheden? Uden at holde noget tilbage?» spurgte PJ.

»Den brutale sandhed?« tilføjede Arden.

»Ja,« lokkede E-Z. Han sænkede stemmen til en hvisken. «Onkel Sam har gjort et fremragende stykke arbejde. Men vi rammer ikke den rigtige målgruppe, da vi næsten ikke får nogen trafik. Udover jer to og en IP-adresse i Frankrig har vi næsten ikke haft nogen hits.

»Et par stykker, ligesom jer, er kommet tilbage og har tjekket siden et par gange, men de bliver ikke længe. Uncle Sam foreslog, at vi måske skulle starte et nyhedsbrev, få folk til at tilmelde sig og sende dem opdateringer, men jeg ved ikke rigtig. Alle laver nyhedsbreve i disse dage, og det virker som en masse arbejde. Uncle Sam viste mig, at han har tilmeldt sig omkring halvtreds!

»Hvad angår anmodninger om hjælp – som er hele grunden til, at vi startede en hjemmeside – er det eneste, vi er blevet bedt om at gøre, ting, som lokale myndigheder som politiet og brandvæsenet tager sig af. Jeg bryder mig ikke om tanken om, at vi skynder os at redde en kat op i et træ, og at brandvæsenet dukker op i fuld udrustning for at gøre det samme. Det er ineffektivt for dem og for os. Og det er pinligt, når de dukker op, lige når vi er færdige. Deres tid er værdifuld – de redder liv hver dag. Det føles respektløst, hvis du forstår, hvad jeg mener? De redder liv og er på vagt døgnet rundt.

»Jeg synes, vi skal holde anmodningerne uden for deres område, så vi ikke spilder deres tid eller gør deres arbejde sværere, end det allerede er. Undskyld den lange tale, men når jeg tænker på alt det, de gjorde efter ulykken med mine forældre...«

PJ og Arden lænede sig tæt ind og hviskede. De ville ikke såre Sams følelser – de var jo ikke eksperter – eller risikere, at han overhørte dem og brændte deres bøffer til.

»Øh, vi forstår godt, hvad du mener,« sagde PJ. ›Desuden er politiet og brandvæsenet vigtige tjenester, og de bliver betalt for at redde mennesker. I er derimod frivillige.«

»Så deres hjemmeside og deres tilstedeværelse på sociale medier er anderledes, end jeres bør være,‹ sagde Arden. «Og de har masser af personale på mange niveauer til at vedligeholde og holde alt opdateret.«

»Mens jeres hjemmeside har brug for noget mere superhelteagtigt – hvis det overhovedet er et ord – og mindre corporate. Ligesom legenderne, dem, I følger i fodsporene. Se nogle af de hjemmesider, der er oprettet for dem – og de er fiktive figurer. Forestil jer, hvad vi kunne gøre, hvis vi fulgte deres eksempel,» sagde Arden.

»Som hvad? Jeg ved, I har nogle ideer, så del dem,« sagde E-Z.

»Som du måske har regnet ud, har vi brainstormet lidt mellem os to. Og vi har lavet en testversion af hjemmesiden – den er ikke live og bliver det ikke, før du har godkendt den – af, hvordan din hjemmeside kunne se ud. Den ligger på min telefon. Se, hvad vi mener, og tænk over mulighederne, da vi har lavet den ret hurtigt.« PJ trykkede på start. De tre lænede sig frem.

Først stod der på skærmen: »Velkommen til superhelte-hjemmesiden for De Tre.« Derefter zoomede den ind på E-Z i animeret form. Han sad i sin kørestol, som man kunne forvente, iført en sort T-shirt, blå jeans og et par løbesko.

E-Z strøg sig over håret, da han så, hvor flaskeformet den sorte stribe ned ad midten af hans blonde hår så ud. Han kunne aldrig vænne sig til det.

»Hvad er det på min T-shirt, jeans og sko? Er det et logo? Og hvordan har I lavet mig til en tegneseriefigur?«

»Ja, det er et logo. Vi syntes, at englevingen var sej og passende,» sagde Arden.

»Vi brugte en app til at lave dig til en tegneseriefigur,« sagde PJ. »Vi redigerede dine arme lidt. Vi håber ikke, vi er gået for langt.«

E-Z kiggede nærmere, da den animerede version af ham selv krydsede armene. Nu fangede hans noget mere muskuløse underarme hans opmærksomhed, og han rødmede. Han lignede en tøsedreng, en poser. Synes hans venner virkelig, at han så bedre ud sådan her? Han krympede sig, da E-Z på skærmen dukkede op med sine vinger. Han svævede i luften og pegede.

Det var den første introduktion til Lia. Hun ankom også i animeret form. Lia var klædt fra top til tå i en lilla jumpsuit med en tutu. Hendes blonde hår var sat op i en stram hestehale, og over øjnene havde hun et par lilla solbriller. Hun så sprælsk, venlig og sød ud, da hun gik hen over skærmen. Hun vendte sig om og standsede som en model på en catwalk og indtog en pose.

E-Z hånede hende; han kunne ikke lade være.

»Nå, i det mindste ligner jeg ikke en poser med falske muskler!« sagde hun.

E-Z kommenterede ikke.

Den animerede Lia strakte armene fremad med håndfladerne vendt mod jorden. Så vendte hun dem om. Det venstre øje i hendes håndflade åbnede sig, efterfulgt af det højre. De blinkede synkront. Lia holdt sin pose og fløjtede derefter gennem fingrene.

»Gid jeg kunne gøre det!« sagde hun og forsøgte at efterligne den animerede version af sig selv.

E-Z fløjtede.

»Prale,« sagde hun og stødte ham i siden.

Nu kom Little Dorrit på skærmen. Hun var elegant og feminin og hvid som sne. Enhjørningen fløj hen til Lia, landede og sænkede hovedet, så den lille pige kunne klappe hende. Lia hoppede op, og Little Dorrit fløj ved siden af E-Z. De svævede og vendte derefter hovedet.

Det var Alfreds signal. I tegneserieform syntes hans lysorange næb at glitre i lyset. Det stod i skarp kontrast til hans candy apple-røde butterfly. Da han gik mod Lia og E-Z, skvulpede hans svømmefødder, som om de var sugekopper.

»Mine fødder laver ikke den lyd!« sagde Alfred.

»Jo, de gør,« sagde E-Z med et smil, mens Alfred på skærmen spredte sine vinger og fløj hen til sine to kammerater.

De tre poserede. E-Z stod i midten med Lia til venstre og Alfred til højre. Så skete det. De tre –

eller rettere sagt Lia og E-Z – løftede tommelfingrene. Alfred gjorde en gestus med vingerne.

»Det er pinligt,« hviskede E-Z til Alfred.

»Det kan du tro!«

»Shhhh,« sagde Lia, da voiceoveren på skærmen startede. Det var Ardens stemme, men hans tone var lavere. Han lød som en game show-vært.

»Hvis du har brug for en superhelt... E-Z, Lia og Alfred – også kendt som De Tre – står til din rådighed 24 timer i døgnet, syv dage om ugen. Ring til ***-***-**** eller send en besked via sociale medier.

Når du har brug for hjælp... Ring til De Tre. De kommer med det samme. Du kan stole på dem... for de er de bedste, du kan få. 24 timer i døgnet, syv dage om ugen... tilfredshed garanteret.«

»Og nu til den store finale,« sagde Arden.

De Tre foldede armene over brystet. Alfred foldede sine vinger.

»Øh, det er ikke muligt,» sagde Alfred.

»Shhhh,« sagde Lia.

Hver med hagen fremstrakket, den ene efter den anden, indtog De Tre en pose.

PJ trykkede på pause.

»I betragtning af det, du sagde om jurisdiktion, er vi måske nødt til at ændre denne del,» sagde han. Han trykkede på start.

»Ingen opgave er for stor eller for lille for os!« sagde en computergenereret version af E-Z's stemme.

Derefter drejede en cirkel i midten af skærmen rundt og rundt, som wi-fi, der forsøger at finde et signal. Nu fyldte ordet BAM! skærmen. Derefter ordet SOCKO!

De så på, mens E-Z reddede en kat, der sad fast højt oppe i et træ.

»Åh nej,« sagde han.

Hans animerede figur fortsatte.

»Vi er De Tre

Vi er her for jer!

Kat sidder fast i et træ...

Vi får ham ned for jer!«

E-Z blev vist, mens han gav den reddede kat til en familie.

»Øh, det er aldrig sket,» sagde han.

»Vi tog os lidt poetisk frihed,« indrømmede Arden.

»Vi kan rette alt, hvad du ikke kan lide,« sagde PJ.

Nu dukkede cirklen op på skærmen igen og drejede rundt og rundt. Da den stoppede, var skærmen fyldt med ordet BANG! Efterfulgt af ordet ZIP!

På skærmen reddede den animerede E-Z et fly fuld af passagerer. Da han satte flyet ned, applauderede hundredvis af ventende tilskuere på landingsbanen.

»Sådan skal det være,» sagde han.

»Shhh,« sagde Lia.

På skærmen sagde E-Z

»Fordi vi er jeres venner!

Vores tjenester er gratis.

24/7

Fordi vi er De Tre!«

Cirklen drejede rundt igen. Efterfulgt af BINGO! Og BAM!

Nu blev redningsaktionen fra rutsjebanen genskabt i animeret form. Det var rigtig godt. Så præcist, at man kunne dufte candyfloss og karamelpopcorn.

»Åh!« sagde E-Z.

Lia klappede.

Alfred rystede på hovedet, som om han lige var blevet sprøjtet med meget koldt vand.

»Jeg elsker det!« sagde Lia. ›Og tak fordi I har brugt min yndlingsfarve. Hvordan vidste I det?«

»Jeg har lagt mærke til, at du har den på meget,‹ sagde PJ. Hans kinder rødmede. ›Jeg er så glad for, at du kan lide den.«

»Hvad synes du, E-Z?‹ spurgte Arden.

Alfred kiggede i retning af E-Z.

»Det var øh,» sagde E-Z, ›øh... et godt forsøg.«

»Middagen er klar, kom og tag for jer!‹ råbte Sam.

»Lad fødselsdagsbarnet gå først,« sagde Samantha.

E-Z gik over gårdspladsen sammen med Alfred.

»Sikke et perfekt timing,» sagde han.

»Ja, de to er stadig fjolser,« svarede Alfred.

»Men deres hjerter er på det rette sted. Det er en smart idé, bare lidt overdrevet for os.«

»Lidt?« skreg Alfred.

»Okay, meget, men de gav det da et forsøg. Vi kan beholde det, vi kan lide, og smide resten ud.«

Da alle havde fået deres mad, satte de sig ved picnicbordet og spiste. Himlen skiftede farve, og klare stjerner fyldte himlen omkring dem. De spiste sig mætte, og så kom Samantha med den fødselsdagskage, hun havde bagt, og alle sang »Happy Birthday!«

»Tale! Tale!« opfordrede Arden, og snart sang alle med.

E-Z tænkte sig om et øjeblik.

»Tak, fordi I har gjort min femtende fødselsdag til noget særligt. Jeg vil gerne bruge et øjeblik på at mindes min mor og min far og dele et fødselsdagsminde med jer. Er det i orden? Jeg lover, jeg ikke bliver sentimental.«

Alle nikkede.

Samantha, der siden hun blev gravid, altid var sentimental, uanset om det var glædestårer eller sorg, tørrede en tå væk, før han overhovedet var kommet i gang. »Det er okay,« sagde hun, da Sam lagde armen om hende.

»Det var på min femårs fødselsdag. Jeg ville ikke have en fest, men bad om at gå i biografen i stedet. I stedet for at kigge i avisen for at finde ud af, hvad der var, besluttede vi bare at tage af sted og vælge på stedet. De sagde, at jeg måtte vælge, fordi det var min fødselsdag.«

Han lukkede øjnene et øjeblik.

Han var lige tilbage i biografen. Der var mor, pakket ind i en parka. Hun havde sine øreklapper på og gned sine hænder sammen, som hun altid gjorde. Mor havde altid handsker på og klagede over, at hendes fingre blev kolde.

Far havde sin knælange blå frakke på over jeans. Han kunne ikke lide at have hat på i byen, fordi det ødelagde hans frisure. Han havde ingen vanter på hænderne. De var proppet ned i frakkelommen sammen med hans nøgler.

E-Z sniffede i luften. Han kunne dufte den smørige popcorn inde i biografen, der ventede på, at de kom ind og bestilte den.

De kiggede på plakaterne.

»Hvad med den der?« sagde hans mor.

»Nej, E-Z foretrækker den der,« sagde hans far.

Han åbnede øjnene igen.

I stedet for at være i baghaven med sin familie og venner var han tilbage i siloen – igen. Han havde ikke været der siden ærkeenglene brød deres aftale.

»Tillykke med fødselsdagen!« udbrød stemmen i væggen.

Et panel åbnede sig i væggen ved siden af ham, og der dukkede en cupcake frem. På toppen stod der: ›Tillykke med fødselsdagen, E-Z.‹ I midten var der et enkelt lys, der allerede var tændt.

»Velbekomme!« sagde stemmen og smed en kniv og en gaffel på bordet ved siden af ham.

»Øh, tak,« sagde han. »Hvorfor er jeg her?«

»Ventetiden er fire minutter,« sagde den irriterende stemme. »Bliv venligst siddende.«

Som om han havde noget valg.

# KAPITEL 1
## FØDSELSDAG AFBRUDT

E-Z rørte ikke den cupcake, der stod foran ham, selvom den så fin ud og duftede godt. Han spekulerede på, hvad der foregik til hans fødselsdagsfest. Han vidste i det mindste, at de ikke måtte skære kagen, før han havde pustet lysene ud og ønsket sig noget. Sikke en fødselsdagsfest derhjemme, når han ikke engang var der!

»Få mig ud herfra!« råbte han. ›Jeg går glip af min egen 15-års fødselsdagsfest, og jeg var midt i en historie.«

Taget på siloen åbnede sig, og Eriel svævede mod ham som et lyn i en storm.

»Det er godt at se dig igen, tidligere protegé,‹ sagde han.

»Følelsen er ikke gensidig. Hvorfor er jeg her? Jeg troede, jeg var færdig med jer alle sammen, og det er min fødselsdag – jeg skal tilbage.«

»Ja, jeg beklager timingen – men vi kunne ikke lade din fødselsdag gå uden i det mindste at ønske dig tillykke.«

»Øh, tak, tror jeg.«

»Og nu du er her, hvorfor tager du ikke en bid af din fødselsdagskage? Og glem ikke at ønske noget – du får brug for al den hjælp, du kan få!« sagde ærkeenglen med et fnis.

Ved siden af E-Z åbnede et vindue, og en mekanisk arm kom ud med en tændt tændstik. Den tændte vægen og trak sig så hurtigt tilbage ind i væggen, at tændstikken slukkede af sig selv. E-Z kiggede på det flimrende lys. Han spekulerede på, hvad den sidste kommentar betød, men tænkte, at Eriel bare drillede ham. Hans hjerne gik i sort. Han kunne ikke komme på en eneste ting at ønske sig. Bortset fra det var han tilbage i huset med sine venner og familie, hvor de fejrede hans fødselsdag. Da han pustede lyset ud, brød Eriel ud i sang. Det var en vild fortolkning af »For he's a jolly good fellow, which nobody can deny.«

»Ikke for at være ubehøvlet,« sagde E-Z, »men du skal synge Happy Birthday.«

»Det er tanken, der tæller,« sagde Eriel. «Nu hvor vi har afsluttet fødselsdagssegmentet af dit besøg, vil vi gerne vide, om du har løst gåden endnu?«

»Gåde? Hvilken gåde?«

»Ja, vi foreslog, at du prøvede at finde sammenhænge – i dine tidligere prøvelser. Kan du huske, at vi sagde, at vi ikke ville give dig svarene på et sølvfad? Har du haft held med det?«

»Åh, det virkede ikke som en prioritet eller en gåde, jeg skulle løse, især da du ikke holdt dit løfte. Men ja, jeg skrev i min notesbog og noterede de ting, vi har opnået indtil videre, og jeg fandt et par forbindelser til spil, men det var rent tilfældigt.«

»Tilfældigt! Bestemt ikke. Begivenhederne hænger sammen – det kan enhver se!« sagde Eriel og holdt stemmen lav for ikke at miste besindelsen.

»Øh, undskyld, men tilfældigheder sker hele tiden. Ved du, hvor mange børn der spiller computerspil? Jeg har søgt på nettet. I 2011 spillede 91 procent af alle børn mellem to og sytten år hver eneste dag. Det er omkring 64 millioner børn på verdensplan.«

»Ah, så du har fundet frem til det. Det er godt. Har du fundet ud af noget andet? Eller har du nogle bekymringer? Er der nogen grund til at undersøge det nærmere – det er godt at undersøge ting. Initiativ er meget, meget godt.«

»Nej. Jeg har ret travlt med andre ting – skole og alt muligt. Desuden, hvis du vil have mig til at undersøge det nærmere, må du først overbevise mig om, at det er mere end en tilfældighed. Jeg har tjekket nogle flere statistikker. For eksempel er der flere kvindelige gamere end nogensinde før. Mange har oprettet virksomheder på YouTube og tjener til livets ophold. Ikke børn selvfølgelig, men ifølge de statistikker, jeg har læst online, er 46 procent af gamere piger i 2019.«

Eriel bankede sin lange, knoglede finger på hagen, som om han overvejede, hvad E-Z havde fortalt ham. »Ah, igen er jeg imponeret. Synes du ikke, de statistikker er bekymrende?«

»Øh, nej, det gør jeg ikke.« Han indåndede dybt og mistede tålmodigheden over at gå glip af sin fødselsdag. ›Er det vigtigt, at vi gør det her i dag? Kan du ikke bringe mig tilbage en anden gang? Der er ikke noget af det, vi taler om, der lyder kritisk.«

Eriel holdt op med at banke og løftede højre øjenbryn. Han stirrede på fødselsdagsbarnet.

»Eller er det?‹ spurgte E-Z.

Eriel ventede med at svare. Han væltede ordene rundt i munden, som om han havde svært ved at få dem ud. Han hævede stemmen til sopran og sagde: »Er der noget andet ved de to hændelser? Noget, der kan give anledning til alarm? Noget, der kan sætte ild i dig?«

E-Z ønskede, at Eriel ville sige det ligeud og komme til sagen. Han ville ikke gøre sig selv til grin ved at sige det indlysende eller ved at tage fejl.

»Raphael havde ret, du er lidt langsom.«

»Hey!« råbte E-Z. ›Hvis du har brug for min hjælp, går du meget mærkeligt til værks for at få den.‹ Han kørte fingeren gennem glasuren på cupcaken og sugede på fingeren. Det smagte godt, som candyfloss. »Drab. Den ene forsøgte at dræbe mig, og den anden dræbte folk i en butik. Begge sagde, at deres motiver var relateret til spillet.«

»Bull's eye,« sagde Eriel.

»Og?«

»Glem det!« Eriel forsvandt gennem loftet og sang: «Tynd som en mursten, tynd som en mursten, tynd som en mursten.«

E-Z løftede næverne i vejret. »Kom tilbage og sig det til mig!«

Eriels latter rungede og ekkoede mellem væggene.

PFFT.

»Øh, tak,« sagde E-Z, og så befandt han sig hjemme igen, til sin fest. Alle havde travlt med at spille spil og lave deres egne ting – som om han slet ikke var der – hvilket han heller ikke var.

Han så på, mens Sam tog sin tur i ladder ball. Han var ikke særlig god til det, men E-Z gik alligevel hen og så på hans andet forsøg. Da han havde kastet og ramt helt ved siden af målet, gik han hen til sin nevø.

»Jeg kan se, du stadig arbejder på at lære det her spil,« sagde E-Z.

»Ja, det er en talent, man skal lære. Hvor var du forresten?«

»Eriel ville blandt andet ønske mig tillykke med fødselsdagen.«

»Det var pænt af ham. Ikke?«

»Ja, du kender Eriel. Han gør aldrig noget uden en bagtanke. I dette tilfælde ville han have mig til at forbinde to ting baseret på en erindring.«

»En erindring om hvad? Dine forældre? Ulykken?«

»Nej, han ville have mig til at skabe en forbindelse mellem to af prøveinitiativtagerne. Det gjorde jeg forresten. Så gik han og sagde, at jeg var dum som en dør.«

»Hvor uhøfligt!» udbrød Lia. Hun havde lyttet med, fordi hun kedede sig ihjel med boldspillet.

»Og det på din fødselsdag,« sagde Alfred. Han var endnu mere håbløs end Sam, da han skulle kaste boldene med sin næb.

»Vil du prøve?« spurgte PJ og rakte bolden til E-Z, der flyttede sin stol foran målet og kastede bolden. Den ramte den øverste bom, drejede rundt et par gange og landede i den bedste position.

»Sådan gør man!« sagde Sam.

»PJ og jeg har kastet sådan hele spillet,« sagde Arden.

»Ah, men du er ikke min nevø,« svarede Sam.

Festen fortsatte, indtil det blev for mørkt til at spille flere spil, og alle besluttede ikke at synge sammen. PJ og Arden tog hjem, mens E-Z og resten af banden gik i seng.

# KAPITEL 2
## PROBLEM

To dage efter E-Z's fødselsdagsfest befandt PJ og Arden sig i lidt af en knibe.

Det var Lia, der havde en fornemmelse af, at noget var galt. Hun fortalte Alfred og E-Z om sin fornemmelse: »Det var, som om de var i trance. De sad begge ved deres skriveborde og stirrede på tomme computerskærme.«

»Der er ikke noget usædvanligt i det,» sagde E-Z. ›De spiller ofte spil sammen, og måske sov de bare.«

»Med åbne øjne?«

»Okay, lad os gå derover,‹ sagde E-Z.

»Det er midt om natten!« udbrød Alfred.

»Alligevel må vi hellere tjekke det.«

De tre sneg sig ud af huset og besluttede at gå til PJ først, da han boede tættest på.

»Jeg tror ikke, hans forældre vil sætte pris på et så sent besøg,« sagde Alfred.

»De forstår det nok,« sagde Lia, mens hun ringede på døren.

Et øjeblik senere åbnede en meget søvnig mand, der gned sig i øjnene, døren i sin pyjamas – PJ's far.

»Hvem er det?« råbte hans mor indefra.

»Det er PJ's venner,« sagde hans far. ›Er der noget galt?«

»Øh,‹ sagde E-Z, ›undskyld, vi forstyrrer, men vi skal virkelig tale med PJ. Det er vigtigt.«

»Så kom indenfor,‹ sagde PJ's far.

# KAPITEL 3

## TIDLIGERE

Tidligere på aftenen havde PJ og Arden arbejdet på superhelte-webstedet. De havde opdateret oplysninger og tilføjet et par nye elementer.

Tidligere, når der kom en anmodning om hjælp, blev der sendt en e-mail til indbakken. Næste gang nogen loggede på, kunne de se den og svare i overensstemmelse hermed. Med det nye system, E-Z, modtog Arden og PJ straks en sms.

Derudover modtog den person, der havde sendt anmodningen, et automatisk svar med tidsstempel. PJ og Arden var sikre på, at denne automatiske opgradering ville øge tilliden og bringe mere trafik til hjemmesiden.

PJ og Arden oprettede også en YouTube-kanal med en podcast. Det var noget nyt, de havde fundet på under en brainstorming-session. De glædede sig til at fortælle E-Z om det. Det ville være en glimrende måde at øge The Three's online tilstedeværelse. De oprettede også et community-forum til åben diskussion.

Systemet kategoriserede også indgående beskeder. For eksempel redning af en kat fra et træ. De tre havde modtaget flere anmodninger om denne service. Da lokale myndigheder var bedre rustet til at besvare disse opkald, gjorde PJ og Arden det til en kode blå.

En Code Blue betød, at når E-Z ankom for at redde katten, var den allerede blevet reddet. En Code Blue betød, at han skulle vente og se, om situationen var løst, før han kørte ud.

En Code Yellow kunne være, at nogen havde glemt deres nøgler eller låst dem inde i deres bil. Igen var situationen allerede løst, når E-Z ankom. Igen var rådet at vente og tjekke, før han kørte ud.

Ved at kategorisere blå og gule alarmer kunne E-Z og hans team fokusere på de vigtigere opkald, dvs. de røde alarmer.

En rød alarm var, når liv eller lemmer var i fare. Siden hjemmesiden blev oprettet, havde De Tre ikke modtaget nogen anmodninger i denne kategori.

Tilfredse med, hvor meget de havde opnået, besluttede de at slappe lidt af. De deltog i et multiplayer-spil.

»Tre piger,« skrev PJ til Arden.

»Dem kan vi klare!« svarede han.

Spillet begyndte, og i starten forløb alt som det plejede. De smadrede pigerne, gik op i niveau efter niveau og dræbte alt, hvad de så. Så pludselig standsede alt.

# KAPITEL 4
## PJ'S HUS

E-Z, Lia, Alfred og PJ's forældre gik ned ad gangen og ind i hans værelse. Det, de så, var stort set som Lia havde forestillet sig. Forskellen var, at computerskærmen stadig var tændt. Den blinkede og flimrede, mens PJ så ud til at sove dybt.

»Hvad er der med ham?« spurgte PJ's mor. «Han burde ligge i sengen og sove. Se hans kropsholdning. Han er sikkert dehydreret. Jeg henter et glas vand til ham.«

PJ's far gik hen på tværs af værelset og rystede sin søn i skuldrene. Han forventede, at hans søn ville vågne, men det gjorde han ikke. I stedet gled han ned i stolen og ville være faldet på gulvet, hvis hans far ikke havde grebet ham. Han bar sin søn og lagde ham på sengen.

PJ's mor kom tilbage, satte vandet på sidebordet og lagde sine læber mod sin søns pande. »Ingen feber,« sagde hun.

PJ's far løftede sin søns højre øjenlåg og så, at kun det hvide i øjnene var synligt. »Ring 112,« udbrød han.

»Nej, jeg synes, vi skal ringe til vores familielæge, doktor Flannel,« sagde PJs mor. ›Han har været her før på hjemmebesøg. Når det har været en nødsituation – og det er det helt sikkert.«

»Mrs. Handle,‹ sagde E-Z, ›han skal nok klare sig.«

»Selvfølgelig skal han det,‹ svarede hun, mens Mr. Handle gik ud af værelset for at ringe til doktor Flannel.

Da han kom tilbage, ventede de alle sammen i stilhed og kiggede på PJ, mens han sov. Som om de forventede, at han ville springe op og begynde at lave narrestreger. Det ville være typisk ham at lave sjov. At narre dem.

Mr. Handle var rastløs og vippede med benet, mens han sad. Han rejste sig, gik på tværs af rummet og bøjede sig ned for at se på harddisken. Han løftede foden, som om han ville sparke til den, men i sidste øjeblik ombestemte han sig og trak ledningen ud af stikkontakten.

De så på, mens hr. Handle begyndte at ryste over hele kroppen, indtil han tabte stikket. Han vendte sig om og gik hen imod dem. Bag ham strømmede der røg ud af harddisken. Sekunder senere knækkede skærmen.

»Hent ildslukkeren!« råbte Alfred, men E-Z havde allerede taget glasset med vand og kastet det på kassen. Det sydede og slukkede skærmen, som nu var helt død.

PJ's mor løb hen til sin mand og hjalp ham med at sætte sig ned. »Lægen kan også se til dig, når han kommer,« sagde hun. »Du er så heldig. Jeg kan ikke klare, at I begge er kommet til skade.«

»Jeg har det fint,« sagde hr. Handle.

Men for De Tre så han ikke fint ud. Han var bleg, lidt grøn og lidt grå.

»Tag det roligt,« sagde hr. Handle. ›Tak for din hurtige reaktion, E-Z.‹ Derefter til sin kone: ›Det var godt, du hentede vand.«

»PJ bliver meget sur, når han ser, at hans computer er ødelagt.«

»Nu, nu,‹ sagde hr. Handle. «Han vil forstå det.«

Han havde det tydeligvis bedre, da De Tre bemærkede, at hans vejrtrækning var tilbage til det normale, ligesom hans bleghed.

Da alt syntes at være i orden, nævnte E-Z Arden. »Mens I venter på lægen, må vi virkelig se til Arden. Vi tror, han er i samme tilstand.«

»De leger ofte sammen, men hvad i alverden kan have forårsaget det her?« spurgte hr. Handle.

»Det ved jeg ikke, men må jeg gå ind og se til Arden?«

»Gå bare,« sagde fru Handle.

»Lia bliver her hos dig,« sagde E-Z. ›Hun kan holde os underrettet, og hvis du har brug for os, kommer vi straks tilbage.«

»Tak, E-Z og Alfred,‹ sagde hr. Handle, mens han fulgte dem til hoveddøren.

# KAPITEL 5
## ARDEN'S HUS

E-Z og Alfred begav sig hen til Ardens hjem. Før de nåede at banke på, åbnede Ardens far, hr. Lester, døren.

»Hvordan vidste I det?« spurgte han.

E-Z kunne ikke fortælle ham sandheden. I stedet improviserede han en løgn. «Øh, jeg har været bedste venner med Arden hele mit liv, så jeg kan godt mærke, når der er noget galt. Må jeg se ham?«

»Selvfølgelig, kom ind på hans værelse,« sagde Ardens mor, Mrs. Lester. ›Vær ikke bekymret. Han sover bare. Han har det fint i morgen.«

Mr. Lester tog sin kones hånd og førte hende ned ad gangen til det sted, hvor Arden lå og sov dybt.

»Åh,‹ udbrød Alfred, da han så ham. «Han ser ud, som om han er i chok.«

»Se under hans øjenlåg,« sagde hr. Lester.

E-Z trak sin vens øjenlåg tilbage. PJ's pupil var synlig, men den var større og så ud som om den kunne springe ud af øjenhulen når som helst. Han lukkede øjenlåget igen.

Alfred sagde »Hoo-hoo«. Det var det, Lester-parret hørte. Det, han sagde, var: »Hvad i alverden kan have forårsaget det? Frygt? Eller noget mere alvorligt som et anfald?«

E-Z trak på skuldrene uden at svare. Lester-parret var allerede bange og stressede nok, og det eneste, de kunne gøre, var at gætte.

»Hvor fandt I ham?« spurgte E-Z.

»Han sad foran sin computer,» sagde fru Lester.

»Var skærmen tændt?« spurgte han.

»Ja, det var den,« sagde hr. Lester. «Vi har ringet til vores familielæge. Han har travlt lige nu, men han ringer tilbage.«

»De har allerede ringet til en læge hos PJ, en læge Flannel. Lad mig ringe til Lia og høre, om han har stillet en diagnose endnu.«

»De er næsten ens,« sagde han.

»Hvad mener du med næsten?«

Han rullede sig ud af rummet. Der var ingen grund til at gøre Lester-familien mere bekymret, end de allerede var. Han hviskede ind i telefonen: «Hans pupiller er stadig synlige, men de er enorme. Som sår, der er ved at sprænge!«

»Åh, hvor ulækkert!« sagde Lia. ›Måske skulle han på hospitalet?‹ «De har ringet til deres familielæge, men han er ikke til rådighed. Så lad mig vide, så snart Dr. Flannel har givet sin mening, så giver jeg besked. Du bør måske fortælle ham om Ardens øje og høre, om han anbefaler øjeblikkelig indlæggelse.«

»Det skal jeg gøre. Jeg holder kontakten.«

Han forklarede alt til familien Lester. De stirrede foran sig med tomme ansigter. Han var bekymret for, hvordan de tog det hele.

»Er der nogen, der vil have en kop te?» spurgte fru Lester.

»Nej tak,« sagde E-Z. Fru Lester var en af de mødre, der troede, at te kunne løse de fleste problemer.

Hr. Lester fulgte sin kone ind i køkkenet.

»Deltager du ikke normalt i deres lege?» spurgte Alfred, nu hvor han og E-Z var alene med Arden.

»Nogle gange,« sagde E-Z, »men på det seneste bruger jeg normalt min fritid på at skrive. Jeg har ikke meget tid til mig selv for tiden.«

»Det er forståeligt. Undskyld, hvis jeg hænger for meget ud.«

»Nej, det er fint. Jeg skal bare have styr på tingene. Skolearbejdet bliver mere og mere kompliceret, du ved, vi er på vej mod en karriere og eksamen. De vil have, at vi ved, hvor vi skal hen, og vi ved ikke engang, hvor vi er endnu.«

»Jeg kan godt huske den tid, men du finder ud af det. Jeg er i hvert fald glad for, at du ikke spillede det spil med dem – ellers var du måske i samme tilstand som dem.«

»Det er sandt. Jeg kan ikke forestille mig, hvad der kunne skræmme dem så meget… hvis det var det, der skete. Et spil er jo bare et spil – ikke virkeligheden. Det må have været en vild konkurrence.«

Lester-familien vendte tilbage til deres søns værelse.

»Hvad er der sket?« skreg fru Lester.

Ardens øjenlåg var nu åbne og afslørede helt hvide øjne. Ligesom PJ var hans pupiller forsvundet.

E-Z fik en fornemmelse af déjà vu, da hr. Lester gik på tværs af værelset og bøjede sig ned for at trække stikket ud.

»Stop!« råbte E-Z. »Rør det ikke!«

Hr. Lester frøs fast på stedet.

»Mr. Handle blev næsten elektrisk dræbt, da han rørte ved den. Det bedste er at lade den være.«

»Åh, gudskelov du var her og advarede mig,» sagde Mr. Lester.

»Ja, tak E-Z. Jeg kunne ikke klare det, hvis min søn og min mand begge var kommet til skade. Det kunne jeg bare ikke.« Hun gik på tværs af rummet og kastede sig om halsen på sin mand.

»Bagefter gik hans computer ned, skærmen knækkede, og der kom røg ud af den,« forklarede E-Z. «Så PJ's computer er stegt, brændt – toast. Mens Ardens computer stadig er intakt. Hvis vi finder ud af, hvordan vi kommer ind i den – på en sikker måde – kan vi måske finde ud af, hvad der er sket med dem. Først skal jeg ringe til onkel Sam og bede ham om hjælp. Han er en teknisk IT-mand, så han ved, hvad man skal gøre.«

»Vent,« sagde fru Lester. ›Siger du, at både PJ og Arden er ens?«

Han nikkede.

»Jeg har altid sagt, at computere er onde!‹ sagde hun. «Min Arden er atlet. Han burde have været ude at dyrke sport, ikke sidde ved sin computer og spilde sin tid.« Hun græd ind i sin mands bryst, og han holdt om hende.

»Computere er nødvendige i skolen,« sagde hr. Lester. «Vores søn har ikke gjort noget forkert, og jeg er sikker på, at han snart er sig selv igen. Han har bare brug for at sove lidt. Lidt hvile, det er alt. Han klarer sig.«

Alfred ho-ho'ede.

E-Z modtog en besked på sin telefon. »Lia siger, at doktor Flannel har bedt dem lade PJ blive, hvor han er. Han siger, at hans øjne burde vende tilbage til det normale af sig selv. Han siger, at PJ ikke ser ud til at have smerter. Hans hjerterytme og puls er normale. Han har brug for hvile.«

»Tak,« sagde hr. Lester.

»Tak, fordi I kom forbi,« sagde fru Lester. «Vi giver jer besked, hvis der sker noget nyt.«

E-Z og Alfred tog afsted efter et langt besøg og mødte Lia, og de gik alle sammen hjem.

»Jeg kan ikke lade være med at spekulere på,« sagde E-Z, «om det her med PJ og Arden er en prøve. Eriel antydede, at jeg skulle være bekymret for noget. At jeg endda skulle undersøge det nærmere. Hvis det er tilfældet, ved jeg ikke, hvordan jeg skal løse det. Har du nogen ideer? Udover at få Uncle Sam til at hjælpe os med at komme ind på Ardens computer – jeg er helt lost her.«

»Det er mærkeligt, hvis det er en prøve,« sagde Alfred. «For prøver er jo noget, der hører fortiden til, ikke?«

»Jo, men hvis PJ og Arden kommer til skade, har jeg ikke andet valg end at blande mig. Selvom ærkeenglene brød vores aftale.«

»De virker begge så fraværende. Hvad forventer de, at du skal gøre? Det er jo ikke fordi, du har helbredende kræfter eller noget,» sagde Alfred.

»Men det har du!« sagde Lia.

»Jo, men kun når de kan bruges. Jeg prøvede at kommunikere med deres sind. Men det var som om, de var tomme. Jeg kunne ikke nå dem. For at helbrede dem, skal der være en eller anden form for forbindelse. Og der var intet, jeg kunne forbinde mig med.

»Jeg bliver ved med at spørge mig selv, om jeg skal bede Ariel om hjælp. Hun er naturens engel. Måske er der noget, hun kan foreslå, eller noget, hun kan gøre, som jeg ikke kan.«

»Det er en lovende idé,» sagde E-Z.

WHOOPEE

Ariel ankom.

»Hvad sker der?« spurgte hun.

Alfred forklarede situationen.

E-Z spurgte, om dette var en prøve, som ærkeenglene forsøgte at smugle ind efterfølgende.

»Uanset hvad må du hjælpe dine venner,« sagde hun. «Du vil hjælpe dem, ikke?«

»Selvfølgelig vil jeg det, men hvad jeg skal gøre, hvilke handlinger jeg skal tage i en prøve, er normalt mere indlysende.«

»Hørte jeg ikke rygter om, at du ikke er i stand til at tage initiativ?« spurgte Ariel.

»Antyder du,« spurgte E-Z og holdt stemmen lav for ikke at miste besindelsen. ›At ærkeenglene har lagt mine venner i koma for at teste min initiativ?«

Ariel smilede. ‹Nej, jeg antyder ikke noget i den retning. Men hvis det var en prøve, hvad ville du så gøre for at hjælpe dem?«

»Når jeg står over for en prøve, går min hjerne i gang. Jeg ved, hvad jeg skal gøre for at løse problemet, og så gør jeg det. Men i dette tilfælde har jeg ingen anelse om, hvad jeg skal gøre. De er i livsfare. Jeg er ikke læge.«

Ariel krydsede armene. »Hvad har du prøvet, Alfred?«

»Jeg prøvede at forbinde mig med deres bevidsthed. Normalt, hvis jeg kan helbrede mennesker eller væsner, er der en forbindelse – en, der ikke er blevet brudt af en ydre kraft. I begge deres tilfælde var det som om døren var blevet smækket i, og jeg ikke kunne bryde igennem.«

»Så har du selv besvaret dit spørgsmål,« sagde Ariel. ›Er der andet, jeg kan hjælpe dig med?«

»Du var ikke ligefrem til nogen hjælp,‹ sagde Lia.

Alfred undskyldte.

WHOOPEE

Og Ariel var væk.

»Du skulle ikke tale sådan til hende,« sagde Alfred. ›Hvis hun kunne have hjulpet os, havde hun gjort det.«

»Undskyld, men det er frustrerende, når de ikke ved mere end os. De er ærkeengle! De burde vide noget, vi ikke ved, ellers er der jo ingen mening med dem,‹ spurgte Lia.

»Mener du, at Haniel altid kan løse ethvert problem?«

Lia trak på skuldrene. »Jeg har ikke haft mange at diskutere.«

E-Z sagde: «Eriel er ubrugelig. Hver gang jeg har bedt ham om hjælp, har han nægtet. Ja, han gav mig råd. Han sagde, jeg skulle finde ud af det selv.

»Som da han tilkaldte mig sidste gang, antydede han, at der var en slags sammensværgelse eller forbindelse, som han kaldte det.

Da jeg gættede, hvad det var – at han spillede et spil – at der var en forbindelse, var han stadig ubrugelig. Jeg ville ønske, de ville sige det. På den ene eller den anden måde, så jeg kan fokusere på at få mine to venner ud af denne situation.«

»Forstår du, hvad jeg mener?« sagde Lia. ›Alle ærkeenglene er totalt ubrugelige.«

»Haniel hjalp dig, da du skadede dine øjne,‹ mindede Alfred hende om.

Lia vendte ryggen til ham.

»Lad os håbe, at lægen havde ret, og at de begge er sig selv i morgen,« sagde E-Z. «Det er alt, vi kan gøre.«

Da de kom hjem, gik de ud i baghaven. De hilste på Little Dorrit og så solen stå op og snakkede om deres næste træk.

E-Z gennemgik et par ting, der havde naget ham. I Det Hvide Rum havde de opfordret ham til at forbinde punkterne. For nylig havde Eriel hjulpet ham med at indsnævre det.

Han gennemgik alt, hvad pigen i butikken havde fortalt ham. Hvordan hun havde taget gidsler, som i et spil. Hvordan hun var klædt ud, så hun lignede en dusørjæger i et spil.

Derefter gennemgik han detaljerne om drengen uden for hans hus. Drengen havde sagt direkte, at han var blevet sendt for at dræbe E-Z af stemmer i spillet, og at hans familie ville blive dræbt, hvis han ikke gjorde det.

Så tænkte han på Eriel og de andre ærkeengles involvering i prøvelserne. Nu var PJ og Arden også involveret.

Ville ærkeenglene trække dem ind for at få fat i ham? Var det hans skyld – fordi han var for langsom til at løse den gåde, de havde givet ham? Ærkeenglene sagde, at de var færdige med ham. De havde aflyst prøverne, og han var glad for at se dem forsvinde. Hvorfor var de tilbage og forsøgte at skabe en ny forbindelse til ham? Det kunne ikke være en tilfældighed.

Han åbnede munden for at fortælle Alfred og Lia, hvad han tænkte på – i stedet landede han igen i siloen. Men denne gang var containeren ikke lavet af metal, men af glas, og han havde ikke sin stol.

# KAPITEL 6
## OP NED

E-Z hang med hovedet nedad i en glaskuppel og kiggede ned på det grønne græs på jorden. Han var højt oppe, og hans hoved gjorde så ondt, at han frygtede, det ville sprænges og sprøjte ud over hele beholderen. Men heldigvis var der noget, der holdt ham oppe. Han vidste ikke, hvad det var.

I modsætning til de andre gange, han havde været i siloen, var han ikke fastgjort (eller hans stol var ikke fastgjort) til noget. Det andet, der bekymrede ham, når han hang på hovedet på denne måde, var, at han ikke kunne se Eriel komme. Han kunne heller ikke lugte ham.

I det øjeblik han tænkte på Eriel, bevægede beholderen sig. Han frygtede at falde. Han ville gerne gribe fat i noget, men der var intet at gribe fat i undtagen luften. Han slog armene om sig selv. Så mærkede han en bevægelse. Glaskammeret drejede 180 grader med uret. Hans hoved følte sig straks bedre, mere klart, og han koncentrerede sig om at komme ud. Jo før, jo bedre.

Men det var for sent, for tingesten bevægede sig og drejede yderligere 180 grader. Så var han tilbage, hvor han startede.

»Howdy, Doody,« skreg Eriel, mens han pressede ansigtet mod glasset. Så bankede han og sang: ›Luk mig ind, luk mig ind.«

»Få mig ud herfra!‹ skreg E-Z.

»Rolig nu,« sagde Eriel beroligende. »Du er her af ren godhed. Jeg ville personligt fortælle dig, at dine venner er i fare.«

»Mener du PJ og Arden?« Eriel nikkede. ›Det ved jeg godt! Din store klovn!«

»Stokke og sten kan brække mine knogler, men ord kan aldrig såre mig,‹ sang Eriel.

»Hvis du ikke får mig ud herfra – lige nu – så vil jeg gøre mere ved dig, end stokke og sten kan!«

Eriel bankede sin knoglede finger mod hagen. Han stod trods alt stadig med hovedet op, hvilket var en fordel i forhold til E-Z's perspektiv.

»Jeg ville bare have dig til at vide, at selvom dine venner er i fare, behøver du ikke bekymre dig. De er ikke i superheltefare.« Han holdt en pause. «En lille fugl har fortalt mig, at du tror, vi prøver at give dig endnu en prøve... men det gør vi ikke. Overlad dem til skæbnen.«

»Hvad mener du med, at de ikke er i superheltefare?» skreg E-Z.

Eriel forsvandt, og glasbeholderen faldt ned. Han fægtede med armene og fik balance. Den faldt igen. Det fortsatte, indtil han var sikker på, at hans kranium snart ville blive knækket som et æg på fortovet.

Så så han Alfred, der stod på kanten af plænen og gnavede i græsset.

»Hey!« råbte E-Z. »HEY!«

Alfred holdt op med at spise og vralte hen. Han så sin ven hænge med hovedet nedad i en glasboble.

»Hvad laver du derinde?» spurgte trompet-svanen.

»Eriel!« udbrød E-Z.

»Det er nok sagt. Jeg går ud og vækker Sam. Jeg håber, han ved, hvad vi skal gøre for at få dig ud derfra.«

»God idé, og bed ham om at tage min stol med.«

Mens han ventede, forbandede E-Z sig selv. Han havde forpasset en mulighed for at få flere oplysninger fra Eriel. Han havde opført sig som et offer. Han havde svigtet sine to bedste venner.

Han lagde en plan. Når jeg kommer ud herfra, finder jeg Eriel og får ham til at fortælle mig, hvordan jeg kan redde PJ og Arden. Jeg får ham til at sværge, at han aldrig nogensinde vil sætte mig i denne situation igen.

Vent lige lidt. Hvis PJ og Arden ikke var i superheltefare, hvad slags fare var de så i? Havde de overhovedet brug for at blive reddet? Eller havde Doc Flannel ret i, at de nok skulle komme over det og snart være sig selv igen?

Han kunne ikke lide udtrykket »overlade dem til skæbnen«. Han troede på, at vi skaber vores egen skæbne, og hans to venner lå i koma. De kunne ikke hjælpe sig selv, så han ville hjælpe dem. Uanset hvad Eriel sagde.

Endelig kom onkel Sam ud med et stort værktøj i hånden. »Det er en glasskærer,« sagde han. »Jeg vidste, den ville komme til nytte en dag, da jeg købte den i et af de der tv-reklamer. De sagde, den kunne skære gennem glas som smør. Lad os se, om det var falsk reklame.« Han skar rundt i bunden. Langsomt. Forsigtigt.

»Hey, skynd dig, jeg kvæles herinde! Hvis solen kommer op, bliver jeg stegt.«

»Tålmodighed, min dreng,» sagde Alfred beroligende.

»Næsten færdig,« sagde Sam. Han sad på knæ og bevægede sig langsomt fremad, mens skæret skar bunden af beholderen. Imens sugede hans pyjamasben på den dugvåde græsplæne. »Jeg går ud fra, at Eriel har noget at gøre med, at du er derinde?«

»Bekræftet.«

Sam færdiggjorde skæringen, frigav sin nevø og hjalp ham ind i kørestolen.

»Tak, onkel Sam.«

»Det var så lidt. Nu må du forklare mig det hele.«

»Jeg er for træt. Og for irriteret til at forklare noget. Kan vi ikke gøre det i morgen?«

Solen stod rød over horisonten.

Om et par timer skulle E-Z se til sine venner. Han håbede, de havde det godt. At alt var tilbage til det normale. Så behøvede han ikke tænke mere på det. Hvis ikke... hvis de ikke havde det godt. Nå, uanset hvad ville alt være bedre, når han havde fået noget søvn.

»Jeg kan forklare ham det hele,« tilbød Alfred.

»Hvad ved du om det? Jeg var nødt til at råbe ad dig for at få din opmærksomhed.«

»Åh, jeg så det hele. Hvad tror du, jeg lavede herude? Jeg ventede på, at du skulle bede om hjælp. Jeg ville ikke forstyrre din Eriel-tid.«

»Forstyrre. Meget morsomt. Okay, fortæl ham det hele. Jeg går i seng. Jeg er for træt til at tænke mere.« Han kørte sig op ad rampen og ind i huset og faldt i seng fuldt påklædt.

E-Z drømte, at det var hans syvårs fødselsdag. Hans forældre havde lejet den indendørs virtuelle spilpark. Han havde inviteret tolv børn i alt, så de var tretten, og det ene hold manglede en spiller. Da det var hans dag, delte de holdene op, og den sidste, der blev valgt, kom på hans hold. De kaldte sig Ball Breakers. Det andet hold, ledet af Kyle Marshall, kaldte sig Bat Shitz.

»I kan ikke bruge det navn,« sagde E-Z's hold. ›Det er jo nærmest et bandeord.«

»Ah, tænk igen,‹ sagde Marshall. ›Det staves Shitz. Vi er opkaldt efter min hund. Hun er en Shitz-hu.«

»Lad os spille,‹ sagde E-Z.

PJ og Arden var på E-Z's hold. Tornado-trioen gav Bat Shitz-holdet en ordentlig røvfuld, indtil de alle var for trætte til at bevæge sig.

»Maden er klar,« råbte E-Z's mor. Forældrene ventede i den tilstødende restaurant. De havde bestilt en masse pizzaer, spande med sodavand og til sidst en kage med masser af lys.

Børnene forlod spilleområdet sammen. Arden opdagede snart, at han havde glemt sin baseballkasket.

»Jeg kan ikke lade den ligge! Jeg må tilbage!«

»Vi går med dig,« sagde E-Z. ›Giv mig lige et øjeblik, så jeg kan sige det til min mor.«

»Jeg siger det til hende,‹ sagde Kyle, der stod i nærheden.

E-Z, PJ og Arden vendte om. Da de ikke kunne finde kasketten, fortsatte de med at gå.

»Den må være her et sted!» sagde Arden.

»Jeg troede ikke, den var så langt væk,« sagde E-Z.

»De gribbe spiser al pizzaen, før vi kommer tilbage,« sagde PJ.

»Bare rolig, fru Dickens gemmer noget mad til os. Hun ved, vi ikke bliver længe.«

Korridoren udvidede sig til en anden bygning, et andet sted. Foran dem stod en kæmpe guillotine. Øverst, over bladet, lå Ardens kasket. På selve bladet var der et skilt. Der dryppede stadig rød maling eller blod fra det. Der stod: »Hovedet kommer her.«

»Drømmer vi?» spurgte Arden. ›For jeg har virkelig ikke så meget brug for min baseballkasket.«

»Hør. Stemmer,‹ sagde E-Z.

Hviskende, meget lavt, men mumlen. Først var det en ensom kvinde. Så kom en anden til, og de sang duet. Så kom en tredje til, og de sang trio. Hviskerne blev til en sang.

»Jeg kan ikke høre, hvad de siger,« sagde PJ.

»Shhh,» sagde E-Z og holdt fingeren for munden.

Mens stemmerne sang

»B-link og du er død.

B-link og du er død.

B-link og du er død, B-link og du er død,« til melodien fra Happy Birthday to you.

»Det er uhyggeligt!« sagde PJ.

»Lad os gå tilbage,« sagde Arden, da døren, de var kommet ind ad, smækkede i, og fodtrin ekkoede langs gangen.

Fodtrinene blev højere.

KLIRK. KLIRK. KLIRK.

Kædeharnisk. Kommer nærmere. Støvler. En soldat. En meget høj skikkelse med hætte. Bærer noget sølvfarvet: en knivslib.

Da han nåede foden af guillotinen, trak den hættede skikkelse en fjer ud af lommen. Han satte den mod bladet. Den skar igennem som smør. Alligevel fortsatte han med at slibe den. Mens han slibede bladet, nynnede han lavt, som om han nød sit arbejde.

»Som om guillotinebladet ikke er skarpt nok!« hviskede PJ. «Få mig ud herfra!«

Arden løb hen til døren og begyndte at hamre på den. »E-Z, du må få os ud herfra! Du må hjælpe os! Hjælp os!«

BESKED INDELLES.

PJ og Ardens ansigter dukkede op på skærmen. De sagde to ord:

«ADVAR DEM."

E-Z vågnede og hørte onkel Sam banke på hans soveværelsesdør. »Stå op, E-Z, vi kan ikke finde Lia!«

Nu hvor han var vågen, gik det op for ham, at hun havde forsøgt at kontakte ham. For at give ham en opdatering. Han tjekkede sin telefon. Der var en besked med en opdatering.

»Det er okay,« sagde E-Z, ›hun er sammen med PJ. Sig til Samantha, at hun har det fint. Jeg skal snart hen til ham og Arden. Hvor er Alfred?«

»Han er i haven,‹ sagde Sam. «Vil du have noget morgenmad, før du går?«

»En grillet ostesandwich ville være perfekt. Tak.«

Mens E-Z klædte sig på, tænkte han på sin drøm. Drengene talte til ham gennem en fælles oplevelse, de havde haft, da de var syv år gamle. Han måtte finde ud af, hvad det handlede om. Advare dem? Advarsel hvem? Det var et klart spor, men hvem var det egentlig, de ville have ham til at advare?

Ja, han var helt sikker på, at de prøvede at fortælle ham noget, men hvad? Han havde igen en snigende mistanke om, at det hele havde noget med Eriel at gøre.

Først tog han hen til Ardens hus, og den stakkels fyr lå som før som en zombie i sin seng. En læge stod ved hans side, da E-Z og Alfred kom ind.

»Hvad er diagnosen?» spurgte E-Z.

»Først skal den fugl ud herfra!« udbrød lægen.

Alfred protesterede med et »hoo-hoo« og vralte væk. Udenfor gnavede han lidt græs og rensede sine fjer.

Lægen kiggede på hr. og fru Lester: »Hvor meget vil I have, at denne dreng skal vide?«

»Det er E-Z, han er en af Ardens bedste venner.«

»Jeg ved, hvem han er, jeg har set ham på tv, hvor han reddede mennesker.«

E-Z vidste ikke, hvad han skulle sige, så han sagde ingenting, men han kunne ikke lide lægens attitude.

»Arden er i koma.«

»Ja, det tænkte jeg nok. Åh, hvornår kommer han ud af det? Dr. Flannel fra Handle-hjemmet – hvor PJ er i samme tilstand – sagde, at han snart ville være tilbage til normal.«

»Det ved jeg ikke. Hans krop beskytter ham mod noget, så han vågner, når han er klar til det. I mellemtiden vil jeg foreslå, at der er nogen hos ham døgnet rundt.« Derefter til Lester-parret: »Det er nok bedst, at I begge ansætter en sygeplejerske. Jeg kan anbefale en. Hvis I kan arbejde hjemmefra, ville det være bedst. Jeg ringer tilbage om et par dage.«

»Om et par dage,« gentog hr. Lester.

Fru Lester fulgte lægen ud af huset.

E-Z fulgte efter. »Hvis jeg kan hjælpe med at holde vagt ved hans side, så sig til. Jeg tager over til PJ nu. Lia er allerede der, og hun har sendt en sms om, at han er uændret.«

»Hold os underrettet og hils PJ's familie fra os.«

»Det skal jeg nok,« sagde E-Z, da han og Alfred blev genforenet. Begge løftede sig fra jorden og fløj hen til PJ's hus.

Mens de fløj side om side, sagde Alfred: »Jeg brød mig ikke om den læge. Når en person er uvenlig over for dyr... stoler jeg ikke på dem.«

»Jeg forstår dig godt, men han gjorde bare sit job.«

»Vi svaner har ikke forårsaget nogen pest eller... glem det. Jeg glemte fugleinfluenzaen – men det var jo menneskers skyld.«

De landede ved PJs hus, hvor Lia ventede på dem med døren åben.

»Hvordan går det med jer to?» spurgte hun.

»Fint,« sagde Alfred.

»Ah, han er lidt sur, fordi Ardens læge smed ham ud af rummet, men jeg har det fint, tak. Og dig?«

»Jeg har det godt, men PJs forældre er ved at miste forstanden, og der er ingen tegn på bedring.«

»Har de ringet til lægen igen?» spurgte Alfred.

»Nej. Han gav dem håb, men intet andet, mest at han nok ville komme sig. Men jeg er bange for, at han tager fejl.« Hun holdt inde og rødmede lidt.

»Åh, en ting til, da jeg holdt hans hånd.« Hun kiggede på dem begge. »Han, jeg er ikke sikker på, om jeg bildte mig det ind, eller om han virkelig gjorde det – men jeg syntes, han klemte den.«

»Øh, tak fordi du blev hos ham. Vi bør skiftes med hans forældre, så ingen bliver for trætte. Du kan gå hjem nu og være sammen med din mor. Hun undrer sig sikkert over, hvor du er.« Han ville under ingen omstændigheder nævne det med at holde hånden.

»Så går jeg, når du går,« sagde Lia, mens de gik hen til PJs værelse.

Alfred, Lia og E-Z var nu alene med PJ.

»Jeg havde en mærkelig drøm i nat. PJ, Arden og jeg var til min syvende fødselsdag – men tingene foregik ikke som dengang. De forsøgte at kommunikere med mig gennem en begivenhed, vi havde oplevet sammen, men jeg er ikke sikker på, hvad de forsøgte at sige.«

»Fortæl os drømmen,« sagde Alfred. «Og lad være med at udelade noget.«

»Ja, fortæl os det, så skal vi se, om vi kan hjælpe dig med at fortolke den.«

»Det begyndte normalt. Alt var, som det var den dag, indtil Arden glemte sin baseballkasket, og vi tre vendte tilbage for at hente den.«

»Så han mistede ikke sin baseballkasket til den rigtige fest?«

»Nej, det gjorde han ikke. Faktisk var han så besat af den kasket, at vi ofte drillede ham med, at den var limet fast på hans hoved. Så det var en vigtig del af drømmen. Og der gik vi tilbage til legepladsen, og gangen syntes at være meget længere, end da vi forlod den.

Vi gik i lang tid. Vi snakkede, som vi plejede at gøre. Først lagde vi ikke mærke til, at vi havde gået i lang tid. Arden overvejede at lade kasketten ligge, fordi det tog så lang tid at komme derhen, men vi besluttede at hente den. Han sagde, at kasketten havde affektionsværdi for ham.«

»Interessant,« sagde Lia. «Ved du, hvorfor han elskede den kasket så meget?«

»Han havde den altid på, fordi han kunne lide holdet. Jeg vidste ikke, at han havde nogen sentimental tilknytning til den i virkeligheden, bortset fra til holdet selv. Og i drømmen, på det tidspunkt, ikke før han sagde det. Så blev gangen større, og vi befandt os i et stort, luftigt rum, som et auditorium. I midten af rummet stod en kæmpe guillotine.«

»Hvad! Hvor mærkeligt!» sagde Alfred.

»Det er lidt skræmmende,« sagde Lia.

»Der er mere. Øverst, over bladet, lå Ardens kasket, og under den var der et skilt, hvor der stod: Hovedet skal her.«

Lia og Alfred gispede.

»Arden sagde, at han ikke var så vild med kasketten længere. Og så blev det mørkt, og vi hørte tunge fodtrin komme imod os. Støvler. De klikkede i kæder eller rustninger. Så kom lyset tilbage, og en mand kom ind med en hætte over hovedet. Han gik hen til guillotinen og sleb sine knive, den ene efter den anden.«

»Og hvad så?» spurgte Alfred.

»Så dukkede en computerskærm op med teksten LOADING, og der kom et billede af dem begge to. De sagde to ord:

«ADVAR DEM.»

»Og hvad så?« spurgte Alfred igen.

»Så vækkede Uncle Sam mig og spurgte, om jeg vidste, hvor Lia var.«

»Det er ikke meget at gå efter,« sagde Lia. «Elskede han den kasket? Og hvem skulle advares?«

»Ardens yndlingshold var og er stadig Boston Red Sox. Kasketten var en gave til ham – en ægte en – han ville aldrig efterlade den, uanset hvad. Alligevel overvejede han mindst to gange at efterlade den i drømmen.«

»Men han var ikke ivrig nok til at stikke hovedet i guillotinen for at få den,» sagde Alfred.

»Hvem ville være det!« spurgte Lia.

»Bare vi kunne bruge Ardens computer. Der er sikkert et spor der. Han har sikkert en fil, noget skjult, som jeg kunne finde. Måske var det det, drømmen handlede om. Og hvorfor han gav mig det spor.«

Lia søgte på internettet efter betydningen af en drøm med en guillotine i sin telefon. »Der står, at det symboliserer frygt eller angst. At blive udpeget eller gjort til grin for noget.«

»Jeg tror, jeg har en idé,« sagde E-Z, mens han rullede gennem sin kontaktliste på sin telefon.

»Vent lidt,« sagde Alfred, «ring til Sam.«

»Du har ret, måske skulle jeg høre ham først.» Han ringede til Sam og forklarede situationen. Sam sagde, at han var på vej over til Arden, og at de skulle møde ham der.

»Er alt i orden herinde?« spurgte PJ's mor. »Vil I have noget at drikke?«

»Nej tak, men onkel Sam er på vej til Arden, og vi møder ham der. Vi kigger på Ardens computer og finder ud af, hvad han sidst lavede. Det er synd, at PJs computer er ødelagt.«

»Det er en god idé. Vi har hørt, at Ardens forældre også har tilkaldt en læge. Kunne han hjælpe?«

»Nej, det var han ikke.«

»Vi holder jer underrettet, hvis vi hører noget,» sagde Lia, mens hun følte på PJs pande.

»Du er en god pige,« sagde PJs mor. Så forlod hun rummet og kæmpede med tårerne.

Da de ankom til Ardens hus, ventede Sam udenfor. Han havde sin bærbare computer, en taske fuld af computerudstyr og nogle andre småting.

Sammen gik de ind, hvor Sam satte sin egen computer op i nærheden, en bærbar, tilsluttede den på den anden side af rummet og kiggede på Ardens opsætning. Den var tilsluttet direkte til stikkontakten.

Uden en beskyttende stikdåse til uventede strømstød. Det var godt, at han altid havde en i sin taske.

Efter at have sikret strømskærmen, tilsluttede han Ardens computer til den. De ventede – og der skete ingenting. Han tog det som et godt tegn, tændte for computeren, og Ardens computer sprang til live. Der skulle indtastes en adgangskode. En adgangskode, som ingen af dem kendte.

»Nogen forslag?« spurgte Sam.

E-Z tastede Boston Red Sox. Han prøvede Ardens mellemnavn, som var Daniel. Det virkede ikke.

»Prøv guillotine,« foreslog Alfred.

»Bingo!« sagde E-Z, nu skulle han bare søge i historikken.

»Lad mig,« sagde Sam, mens han klikkede ind i indstillingerne og ledte efter noget usædvanligt. Der var ikke noget usædvanligt.

»Hvad var det sidste, han gjorde? Spillede han et spil?« spurgte E-Z.

Da Sam klikkede for at finde ud af det, gik den blå bjælke i brand. Onkel Sam løb for at slukke ilden, og da han kom tilbage, havde E-Z allerede slukket den med et tæppe. »Godt tænkt,« sagde han.

»Det håber jeg, Ardens mor også synes!«

»Tag harddisken!« sagde Sam, hvilket han gjorde, inden den blev ødelagt. «Nu tager vi den med os og ser, hvad vi kan finde ud af.«

# KAPITEL 7
## DISKUSSION

As de var på vej hjem, tænkte E-Z stadig på beskeden »Advar dem«. Kunne det have været mere end en drøm?

»Jeg spekulerer,« sagde han.

»Over hvad?« spurgte Sam.

E-Z fortalte om sin drøm og beskeden og tilføjede sin nye idé for at høre, hvad de syntes om den.

»PJ og Arden har sat tingene op på hjemmesiden, så vi kan lave podcasts i fremtiden. Jeg spekulerer på, om jeg skal bruge det, når vi har fundet ud af, hvem vi skal advare. Vi kunne helt sikkert nå ud til mange mennesker.«

»Det er en genial idé!« sagde Sam, ›Men bør vi ikke opbygge en følgeskare nu? Så når vi er klar til at videregive advarslen, har vi allerede nogle abonnenter?«

»Hvad skal jeg sige?«

»Lad os tænke over det,‹ sagde Lia. «Og vi vil være lige ved din side.«

»Jeg har ikke noget imod at tale lidt.«

Da de kom hjem, gik de indenfor.

# KAPITEL 8
## BRANDY LIVES

D a hun første gang så ham, var det musikken, de havde til fælles. Hun spillede klaver, bedre end gennemsnittet, men ikke exceptionelt godt. Hendes musiklærer sagde, at hun havde et naturtalent – hvad det så end betød. Men hun kunne kun spille sange, der betød noget for hende. Så kunne hun huske dem og spille dem med det samme. Men når hun blev tvunget til at spille noget, hun ikke kunne lide, hadede hun at gå til undervisning.

Hun holdt fast. Tvang sig selv, selvom hun hadede det. I håb om at hun kunne snyde sig ind i skolebandet.

Hendes forældre ville have noget at vise for alle de penge, de havde betalt for undervisningen. De insisterede på, at hun skulle prøve at komme med i bandet – for at blive mere involveret i skoleaktiviteterne.

»Det vil se godt ud på din ansøgning til college,« sagde hendes far.

»Gør dit bedste, det er alt, vi beder om. Giv det et forsøg!« sagde hendes mor.

Men dette års high school-auditions var fyldt med talentfulde børn. En begavet mandlig trommeslager var allerede på scenen, da hun kom ind i auditoriet.

Med svedige håndflader og bankende hjerte gik hun langs rækken. En række elever og lærere klappede og trampede med fødderne. Hun kunne mærke gulvet pulsere med hver takt.

Som en robot fortsatte hun med at gå langs kanten af auditoriet, indtil hun var så tæt på scenen, som hun kunne komme.

Nu sneg hun sig ud af døren og gik bag scenen. Hun stillede sig sammen med de andre optrædende og klappede, som om hun altid havde været der.

Det var en genial plan. Alle havde været så optaget af hans audition, at de ikke engang havde bemærket, at hun havde sneget sig ind i køen.

»Hvem er han?« hviskede hun til pigen foran sig i køen.

»Shhhhh!« svarede de andre ventende kunstnere.

Han trommede videre, klædt i denim, med sit blonde hår svajende og hoppende. Så lænede han sig tættere på mikrofonen, og hans dybe melodiske stemme fulgte rytmen.

Hun skubbede sig lidt tættere på, og da hun gjorde det, mærkede hun en kløe, som ikke havde været der før. På håndfladerne, armene, benene. Hun kløede, men det hjalp ikke. Faktisk blev det værre, og snart føltes det, som om hendes hud var i brand. Så blev hendes vejrtrækning dårligere, og hendes hjerte begyndte at slå langsommere.

»Tag det roligt,« hviskede hun både højt og i sit hoved.

Det var det sidste, hun huskede, før hun vågnede i et kørende køretøj.

# KAPITEL 9
## OM BRANDY

Køretøjet susede af sted ad motorvejen. Hun sad på bagsædet. Hvis bil var det? Det var ikke en bil, hun genkendte.

Hun forsøgte at sætte sig op; hendes hoved gjorde ondt – som om et tog susede igennem det. Hun lukkede øjnene et øjeblik og lyttede for at finde ud af, hvordan hun var kommet dertil. Bilen lugtede mærkeligt, nyt og gammelt på samme tid.

PFFT.

Ventilationsanlægget udskilte en lugt, der fik hendes mave til at vende sig, og hun kastede op.

»Hey, pas på interiøret,« sagde en mandlig stemme. ›Det er læder, det ægte vare.‹ Hans telefon ringede, og han talte ind i den via en mikrofon i solskærmen. ›Ja, vi er der snart,‹ sagde han. Han afbrød forbindelsen og skruede op for radioen.

Hendes hænder var bundet, ikke bag ryggen som hun havde set i filmene, men foran hende, lige over det fastspændte sikkerhedsbælte. »Jeg vil hjem!«

»Snart,« svarede den mandlige stemme over koret i en Drake-sang.

Efter at have kørt i hvad hun mente var omkring tredive minutter, kørte han ind på en tankstation. Han låste hende inde, smækkede døren bag sig og efterlod hende alene uden at sige et ord.

Hun kiggede ud af vinduet og prøvede hårdt på ikke at kaste op igen. Hendes bortfører eller kidnapper, hvad han end var, var gået ind. Hun håbede, at han ikke var en kidnapper, der ville kræve løsepenge. Hendes forældre havde ikke penge til at betale for hendes hjemkomst. Hun koncentrerede sig om nuet og bemærkede, at dørene ikke havde håndtag, og at knapperne til at åbne vinduet ikke virkede.

På den anden side af bilen, hvor der blev tanket benzin, så hun en mand.

»HJÆLP!« råbte hun af alle kræfter. Hun vidste, at dette måske var hendes eneste chance.

Da han ikke svarede, bankede hun med sine bundne hænder på de lukkede vinduer. Det var svært at lave nogen lyd her i denne fiskebowl af en bil.

Hun kiggede bagud og så, at hendes bortfører var på vej tilbage til bilen med en dåse sodavand og to chokoladestænger. Da han satte sig bag rattet, kastede han en chokoladestang over skulderen til hende. Hun kunne ikke gribe den, hun hadede den slags, for ikke at nævne at hun for nylig havde kastet op.

»Jeg er tørstig,« sagde hun.

»Hvad vil du have?« spurgte han og gik ind, hvor han næsten straks kom ud med en flaske vand.

Han åbnede proppen og gav hende den. Selvom hendes hænder var bundet, lykkedes det hende efter et par forsøg at få lidt vand i munden. Hendes T-shirt var gennemblødt foran. Det gjorde ikke noget, for det fjernede noget af opkastlugt.

»Tak,« sagde hun.

Få øjeblikke senere var de tilbage på motorvejen. Han satte farten op, kørte over i overhalingsbanen, og hendes sikkerhedssele løsnet sig. Hun tumlede rundt på bagsædet som en terning, der rullede uden retning.

»Hold op, din galning!« sagde manden, da hun forsøgte at spænde sikkerhedsselen fast med sine bundne hænder.

Dækkene skreg, da chaufføren skiftede vognbane på en hensynsløs måde. Andre bilister bremsede for at undvige ham. Så kørte han mod frakørslen. Han trampede på bremserne og standsede. Han steg ud af forsædet og åbnede bagdøren.

Hun var klar med fødderne rettet mod ham og sparkede ham med al sin kraft med begge ben. Han faldt til jorden, og hun sprang ud af bilen og løb vildt, da en bil ramte hende, derefter en anden og endnu en.

Han satte sig ind i bilen og kørte hurtigt væk.

»Dumme pige!« udbrød han.

# KAPITEL 10
## BRANDY HUSKER

»Det skete igen, ikke?« spurgte hendes mor, mens hun hjalp Brandy ud af indkøbsvognen. ›Hvad skete der denne gang?«

»Undskyld, mor,‹ sagde teenageren og bøjede sig ned for at binde sin sko. Hendes hænder føltes så gode, nu hvor de ikke længere var bundet.

Hendes mor bøjede sig ned og hviskede: «Var det det samme som de andre gange? Besvimede du?«

Hun rejste sig og kiggede mod døren.

»Fortæl mig det,» sagde hendes mor og trak sin datter tæt ind til sig, så ingen andre kunne høre dem. Der var heller ingen andre i deres gang.

»Jeg var i skole til audition. En dreng spillede solo på trommer og sang. Han var virkelig dygtig.«

»Og drømmende, går jeg ud fra?« spurgte hendes mor.

Hun kunne mærke, at hendes kinder blev varme. »Mit hjerte bankede hurtigt, og mine håndflader blev svedige, og jeg følte mig underlig. Det næste, jeg vidste, var, at jeg var bundet på bagsædet af en kørende bil!«

»Bundet? I en bil? Hvis bil? Hvem kørte? Hvor var I på vej hen?«

»Jeg genkendte hverken bilen eller chaufføren. Han talte med nogen gennem en af de der håndfri mikrofoner. Han kørte fint, indtil han kom ud på motorvejen. Så kørte han som en gal, og jeg lod, som om sikkerhedsselen var gået op. Da han kørte ind til siden og standsede, sparkede jeg ham så hårdt, at han faldt om, og så løb jeg væk.«

»Gudskelov, du slap væk. Var der nogen, der standsede for at hjælpe dig? Jeg håber, du fik deres nummer, så jeg kan ringe og takke dem.«

Brandy sagde ikke noget, for hun huskede bilerne, en, to, tre, da de ramte hende, og hun døde. Igen. Og endte i supermarkedet med sin mor, igen.

»Tal til mig,« sagde Brandys mor.

»Jeg døde – igen,« sagde Brandy, «og endte her. Igen.«

Hun satte sig på gulvet, eller rettere sagt, hendes knæ gav efter, og hun faldt ned på knæ. Hendes mor fulgte efter som en domino.

De sad sammen og holdt hinanden i hånden uden at sige noget.

# KAPITEL 11
## BRANDY FØR

» Skynd dig, Brandy!« havde hendes mor sagt sidste gang. Sidste gang hendes eneste datter var død – og genopstået.

Når de fleste forældre skulle i supermarkedet med deres børn i hælene, kunne de ikke komme derfra hurtigt nok.

Brandy var ikke et af de børn. Hun foretrak butikker frem for parker, sport – næsten alle aktiviteter. At tage hende med på indkøb var den eneste måde at få hende ud af huset på.

Det var ikke helt Brandys skyld. Hun var født med en sjælden hjertesygdom. En, som de sagde, hun ville vokse fra. Så at løbe og lege med de andre børn var ikke en mulighed for hende.

Derfor var hun blevet glad for shoppingcentre, men det, hun elskede mest, var supermarkedet. Og der var altid ret roligt i fødevareafdelingen. Undtagen den ene gang, hvor de delte gratis dvd'er ud. Brandy blev så ophidset, at hun ikke kunne få vejret, og de måtte køre hende på hospitalet.

Hun var tre år gammel dengang.

# KAPITEL 12
## BRANDY NU

Nu, hvor hendes datter var fjorten, syntes det at ske mindre og mindre. Alligevel spekulerede hun på, hvad der ville ske, når hun blev for stor til at være i indkøbsvognen.

»Hvorfor her, tror du?« spurgte Brandys mor, «Hvorfor altid kun dig og mig og her?«

»Det ved jeg ikke, mor, men én ting ved jeg. Jeg vil shoppe. Jeg vil købe mad og drikke, og så går jeg. Bliv her, hvis du vil, jeg er tilbage om et øjeblik. Her, spil solitaire på din telefon. Det vil berolige dine nerver, og shopping vil berolige mine.«

Kvinden satte sig på gulvet, mens indkøbsvogne kom og gik, og koncentrerede sig fuldt ud om solitaire. Hendes datter kendte hende så godt. Alligevel var det, hun prøvede ikke at bekymre sig om, hvor meget – eller hvor lidt – hun skulle fortælle sin mand. Hun havde ikke fortalt ham det sidste gang, da deres datter døde, eller gangene før, eller gangene før det. Hun havde kun fortalt ham, at de havde været ude at handle, og at det havde været stressende.

»Jeg er klar,« havde Brandy sagt, dengang hun var en lille pige med armene fulde af cornflakes og pop tarts.

De gik hen til selvbetjeningskassen.

»Lad mig gøre det, mor!«

Det var altid det, Brandy sagde. Hun elskede at se kassemedarbejderen scanne hver enkelt vare. Og gud hjælpe dem, hvis scanningen var forkert.

Brandy og hendes mor var nu færdige for dagen og vendte tilbage til bilen. Brandy satte sig foran og spændte sikkerhedsselen. De kørte af sted og standsede kun kort ved drive-through for at købe to hot fudge sundaes.

»Vi har fået nogle rigtig gode tilbud i dag,« sagde Brandy dengang, og hun sagde det igen nu.

»Det ved jeg godt, skat, men jeg vil stadig gerne høre mere om din, øh, hændelse i dag. Kan du huske noget andet om, hvad der skete? Du må have været rædselsslagen, helt alene i en bil med en fremmed? Det, jeg ikke forstår, er, hvordan det kan ske. Var det anderledes end de andre gange? Du sagde, at du det ene øjeblik var til skolebandets audition, og det næste sad du i en bil?«

»Ja, jeg ventede på min tur til at optræde sammen med de andre elever. Vi lyttede alle til en dreng, der spillede trommer. Han var fantastisk, både til at synge og spille. Jeg var næsten fremme, da jeg pludselig var væk.«

»Åh, jeg kan ikke lide lyden af det der 'pludselig'.«

»Det var sådan, det skete, mor. Først kløede mine hænder, så mine ben og mine arme.«

»Har du ikke fortalt mig om kløen før?«

»Det sker. Normalt kan jeg berolige mig selv. Denne gang virkede intet, og, ja, du ved, Z-ordet.«

»Jeg er nødt til at spørge, men tror du måske, det skete, fordi du ville undgå auditionen? Jeg mener, at du selv skulle til audition. Det er ikke noget, du har været ivrig efter.«

Brandy trommede med fingrene på dørkarmen. »Jeg ville ikke hoppe ind i en bil med en fremmed for at undgå en audition,« sagde hun.

»Okay, skat,« sagde hendes mor og fik tårer i øjnene. Hun havde sagt det forkerte – igen. Hun sagde altid de forkerte ting, når det gjaldt hendes datters... hvad skulle hun kalde det? Hendes datters rejseeventyr.

»Det er okay, mor.«

De kørte i tavshed et stykke tid. Det var en behagelig tavshed.

»Jeg vil gerne vide, hvordan jeg kan hjælpe dig,« sagde Brandys mor. «Næste gang...«

»Det ved jeg godt, mor, men du er der ikke, når det sker. Jeg er nødt til at kunne klare det selv.«

»Er der noget, der altid sker, før du forsvinder?«

»Jeg ville ønske, jeg kunne huske det, mor, men ligesom sidste gang kan jeg ikke.« Hun kiggede ud af vinduet og krydsede armene.

»Nå, men når vi er hjemme, kan du øve, øve og øve. Så er du endnu bedre forberedt til din audition i morgen.«

»Det var en audition, der kun varede en dag. Så jeg har ingen chance i år. Desuden kan far ikke lide, når jeg øver, især når han arbejder hjemmefra. Han siger, det giver ham hovedpine.«

»Far mener det ikke sådan,« sagde hun. «Jeg skal tale med ham. Du vil jo gerne spille klaver som job, ikke? Jeg mener, en dag, når du er færdig med skolen. Og jeg ringer til din lærer og beder om en undtagelse fra reglen.«

»Jeg vil gerne høre, hvordan den samtale går!« lo hun. «Hej, hr. Hopper, jeg er Brandy's mor, og min datter, ja, hun rejste i tiden i en hurtig bil med en fremmed og døde. Så kan hun komme til audition hos Dem i morgen?«

»Det er grusomt,« sagde hendes mor. «Har du skiftet mening om at ville gøre karriere inden for musik? De gør da sikkert undtagelser for studerende hele tiden?«

»Måske gør de det, men det generer mig ikke. At jeg gik glip af det. Der er altid næste år. Desuden vil jeg gerne være shopper, det er nok derfor, jeg altid kommer tilbage til supermarkedet eller tøjbutikken. Kan du huske den gang?«

Hendes mor nikkede.

»Efter shopper vil jeg være pianist og derefter lærer,« sagde teenageren, mens hun krydsede armene og bidte negle.

Hendes mor kiggede på hende: ›Lad være, skat. Det er uhygiejnisk at bide negle.‹ Brandy satte sig på hænderne. ›I den rækkefølge?‹ sagde hendes mor og lo.

»Måske omvendt,« sagde Brandy, da de kørte ind i indkørslen. «Far er ikke kommet hjem endnu.«

Hun brugte den automatiske garageportåbner uden at svare sin datter. Ja, hendes mand var sent igen. Han kom senere og senere hjem hver aften. Han sagde, at arbejdet holdt ham tilbage og tvang ham til at arbejde ekstra uden at få overtidsbetaling. Hun hadede, når han aldrig kom hjem for at se Brandy, før hun gik i seng. I det mindste havde de en snack klar. Hun ville lave mad og få hende på plads i sit værelse. På den måde kunne hun og hendes mand spise middag sammen. Det ville blive en dejlig aften, bare dem to.

»Tag taskerne,» sagde hun.

»Okay, mor,« svarede Brandy, da de gik ind.

# KAPITEL 13
## AUSTRALSK OUTBACK

Drengen i Outback i det nordlige Australien havde boet i en kasse. Han var tolv år gammel, da de fandt ham. Hans krop var misdannet, da han sad med ryggen krummet og knæene trukket op – som en kasse. Selv da de brød den op og lod ham komme ud.

Han kunne ikke tale, eller også ville han ikke tale. Indtil han begyndte at stole på folk igen. Så strakte han sig ud, og hans krop slappede af.

Han foretrak stille stemmer, hviskende stemmer. Høje lyde, høje lyde af enhver art skræmte ham. Han rystede og lukkede sig inde i sig selv. Han ledte efter og råbte efter »kasse!«.

De havde opbevaret den der, i hjørnet. Indtil folk i Sydney sagde, at han aldrig ville blive rask, medmindre den blev ødelagt.

Han hjalp dem med at gøre det med en forhammer, der var næsten lige så stor som ham selv. Da den var smadret i småstykker, rullede hans øjne tilbage i hovedet, og han var væk. Væk. Et eller andet sted i hans sind. Uopnåelig.

Ingen vidste, hvem han var. Eller hvem han tilhørte. Hvilken slags forældre ville låse deres barn inde i en kasse som et dyr?

Alligevel var han ikke sultet. Ikke for mad i hvert fald. Og han var ikke dehydreret.

Det betød, at der var nogen i nærheden. De ventede, rangers, betjente, på at de skulle komme tilbage – men det gjorde de ikke. Så de må have vidst, at kassen i kassen var væk.

Et team af psykologer havde sat kameraer op i huset, så de kunne se drengen på afstand fra Sydney.

Andre fra hele verden ville »være med« til at observere drengen. Nogle skrev afhandlinger om børnemishandling og omsorgssvigt. De kæmpede sig til tops på listen.

Drengen vuggede frem og tilbage uden at sige et ord. »Kasse!« havde været hans eneste forsøg på at kommunikere. Men han vidste, hvad der foregik. Han hørte dem hviske. Millionærer, der ønskede at adoptere ham. Han skulle ingen steder. Han blev, hvor han var. Dette var hans hjem.

Drengen, der aldrig før havde sovet i en seng – eller hvis han havde, kunne han ikke huske det – ønskede ikke at sove i en nu. I stedet rullede han sig sammen og sov i hjørnet på gulvet. Han havde brug for den pude og det tæppe, de havde efterladt til ham. Den luksus rørte han ikke.

Mens de besluttede, hvad de skulle gøre med ham, blev der udpeget en søster. I Australien kaldes søstre også sygeplejersker. I nogle tilfælde er en søster også en nonne. Desuden kan en søster, der er sygeplejerske, være en bror. Hvis den pågældende søster/sygeplejerske var mand.

Drengens søster/sygeplejerske var en venlig dame, der altid havde håret sat op i en knold. Hun bar en hvid uniform med matchende sko, der knirkede ved hvert skridt, hun tog.

Første gang hun forsøgte at lægge et tæppe over ham, skreg han, som om han var blevet angrebet af en vred sky.

»Så, så,« sagde søsteren. Hun rystede og løftede derefter tæppet. Hun kastede det om skuldrene, og drengen gispede.

»Det er blødt,« sagde hun.

Hun krøb ind under det. Lugtede til det.

»Det er meget blødt og varmt,« sagde hun.

Drengen rakte ud og rørte ved kanten af tæppet. Han klappede det, som om det stadig var på den får, det stammede fra.

»Vil du have det?« spurgte søsteren.

Han sagde nej i to dage, men lod hende så lægge det om sine skuldre. Derefter sov han med det, som om det var et levende væsen. Han vuggede det som en baby og hviskede til det. Til sidst fandt han trøst i det og ville ikke lade søsteren tage det eller vaske det.

På den fjerde morgen af drengens frihed begyndte dyr at samle sig udenfor på græsplænen foran ejendommen. Først ankom en kvindelig kænguru. Hun hoppede ned foran trappen til verandaen, satte sig på bagbenene og kiggede på døren. Dernæst ankom en emu og gjorde det samme. Så kom en skade, en kakadue og en galah. Fuglene sang på skift, og deres stemmer syntes at kalde drengen ud af døren. Før havde han ikke haft lyst til at åbne døren eller gå ud. Men da han så dyrene og fuglene, gik han uden tøven ud for at møde dem.

Søsteren så på ham bag skærmdøren. Hun var ikke glad for hunde, katte eller fugle – faktisk var hun bange for dem – men disse vilde dyr skræmte hende. Hun ville vove sig ud, hvis det var nødvendigt. Hun håbede, at de snart ville sende nogen ud for at hjælpe hende.

Drengen stod på verandaen og indåndede luften. Han åbnede armene bredt, bredere, og fyldte lungerne med luft fra det fri. Han indåndede den grådigt.

Søsteren, der ønskede, at han var hendes egen søn, så hans bryst udvide sig i hans lille krop.

Så skete det.

Drengen begyndte at hæve sig, som om han var en ballon, der steg til vejrs, men han var ikke en ballon, og han var ikke fastgjort til en snor – han var en lille dreng.

Søsteren løb ud. Hun elskede ham – og han var ved at forsvinde. Bag hende smækkede skydedøren.

»VENT!« råbte hun og rakte ud efter ham med grebende fingre.

Mens drengen gled væk. Hans små fødder steg op. Tog ham med ud, længere væk. Mens de tre fugle bar ham videre og videre.

Hun greb fat, men han var for langt væk. Og så så hun, hvordan en kænguru-mor løftede øjnene.

Og drengen faldt ned på moderens skuldre. Hun sad højt oppe med hans arme omkring kænguruens hals, og så hoppede hun af sted. Ved siden af dem holdt en emu trit.

Søsteren, der ikke vidste, hvad hun ellers skulle gøre, løb ind for at hente sine bilnøgler. Hun startede motoren og fulgte efter drengen, indtil hun ikke kunne se ham mere.

Drengen, der engang havde boet i en kasse, var blevet taget fra menneskenes verden. Han var kommet til en verden, hvor dyrene tog sig af deres egne. Og dette barn var en af deres egne. Han var familie.

Og drengen sang sange med de stemmer, han kendte fra sit inderste. Og han lo højt og var lykkelig, mens han blev båret væk til det sted i sit hjerte. Det sted, hvor han var, hvor han altid havde været bestemt til at være.

# KAPITEL 14
## ENSOM DRENG

I den forbudte skov i Japan lød et barns gråd. Fuglene samlede sig og sluttede sig til sangen, hvilket forstærkede den ensomme drengs bøn om hjælp. En skopsugle ankom og skræmte de øvrige fugle væk. Den satte sig i nærheden og holdt vagt og ventede.

En bilalarm lød. Dens hylen overdøvede barnets gråd. Han sad i en babystol. En, der tidligere havde stået på bagsædet af en bil.

»Klik, klik,« og bilalarmen stoppede, længe nok til at chaufføren kunne høre barnets svage skrig. Hun og hendes mand skyndte sig ind i skoven, hvor de fandt barnet, der var bange og helt alene. Sammen trøstede de ham.

Flere silkehaler blev tilbage og iagttog situationen. De ruslede med deres fjer og kvidrede. Som om de rapporterede om redningen af barnet live.

Kvinden tog barnet ud af selen. Hun holdt ham tæt ind til sig og stillede ham spørgsmål, han var for lille til at svare på. Spørgsmål som: »Hvor er din Haha, Ko? Hvor er din Otosan?« (Oversat: Hvor er din mor, barn? Hvor er din far?)

Hendes mand gennemsøgte området. Han råbte. Da ingen svarede, ledte han efter spor. Voksnes fodaftryk. Der var ingen.

»Ingen fodspor,« sagde han og rystede vantro på hovedet. For ham var skoven ikke hans yndlingssted. Han foretrak byer og støj. Det var ham, der ved et uheld havde udløst bilalarmen. Han havde håbet, at hans kone ville ønske at køre videre. Han havde lovet hende frokost på hendes yndlingsrestaurant. Det var da, hun havde hørt barnet og løbet ind i skoven.

Han var fulgt efter sin kone for hendes sikkerheds skyld. I byen undgik de områder, hvor rovdyr kunne lurer. Lokke intetanende, tillidsfulde mennesker – som hans kone – i fare.

Skoven, netop denne skov, var fuld af lyde. Levende, fuld af lys. Og barnet, de kunne ikke efterlade barnet.

»Lad os gå,« sagde han. »Vi tager ham med på hospitalet, så vi kan sikre os, at han er okay, og så politiet kan finde ud af, hvem han tilhører.«

Hun holdt barnet tæt ind til sig og strøg det over ryggen, som en mor ville gøre med sit eget barn. I hendes øjne var han netop det, hendes barn. Det barn, hun aldrig havde kunnet få, havde kaldt på hende, og hun var kommet ind i den forbudte skov og havde taget ham til sig.

»Han er min,« sagde hun, først trodsigt, så mere blidt, «jeg mener, vores. Vores baby. Den søn, du altid har ønsket dig.«

Hendes mand kiggede på drengen. Han havde brug for dem. Og han var for lille, for ung til at huske noget fra før. Han stolede allerede på dem. Ingen ville vide det, tænkte han. Og alligevel, var det rigtigt at tage dette barn som deres eget?

»Ingen ville finde ud af det,« sagde hans kone, som om hun havde læst hans tanker.

Det skete ofte efter tolv år sammen. De tænkte ens. Talte på samme tid. Afsluttede hinandens sætninger.

De var et kærligt og stabilt par. Sammen havde de så meget at give et barn. Men skæbnen havde ikke givet dem et eget.

Hun rakte barnet til sin mand og ventede.

Fuglene ovenover kunne se, hvordan hendes arme rystede. De sang og opmuntrede hende til at tage barnet. De hjalp ham med at beslutte, at barnet nu var deres.

Hun havde allerede taget ham til sig i sit hjerte og i sin sjæl. Det havde hendes mand også, men han var splittet mellem egoismen i det. Han ville gøre det rigtige, ikke det egoistiske.

»Vil du komme og bo hos os?« spurgte han barnet.

Selvom han ikke svarede, gik de tre tilbage til parkeringspladsen. De satte drengen midt på bagsædet, væk fra airbagsene.

Fuglene og uglen nikkede og fløj derefter væk ind i skoven.

# KAPITEL 15

## KVINDE

En gammel kvinde gynger frem og tilbage i sin stol. Hendes minder er flygtige som skyer. Ofte uden for rækkevidde.

Forvirringen breder sig. Snart vil den erstatte alt i hendes sind med intethed.

Demens vælger ikke sine ofre ud fra den syges ønsker eller behov. Dens formål er at forvirre. At fremmedgøre. At slette.

Hun havde taget det til sig, indtil en dag, hvor alt vendte på hovedet.

Det var det, hun kaldte det nu, på hovedet. Eller P/P for kort. Det andet havde været slemt og blev værre. Men på hovedet betød, at hun ikke var skør, og mere end det, det betød, at hun ikke var alene – ikke længere.

I sit sind så hun alt. Nogle gange skete det i slow motion, som om hun havde trykket på en knap på fjernbetjeningen. Nogle gange blev scener afspillet igen og igen, baglæns, fremad, i en løkke. Andre gange var hun midt i begivenhederne og observerede dem på første hånd som en reporter.

Da det først skete, var hun bange for at blive såret eller dræbt. Hun havde været vidne til nogle hårrejsende ting. Men da hun indså, at de omkring hende ikke kunne se eller høre hende, kunne hun slappe af. Undtagen ærkeenglene, de vidste, at hun var der, men de lod ikke andre vide, at hun var til stede.

Som da hendes sind fløj til Holland. Hun havde fundet sig til rette og iagttog den lille pige. Hun græd, da barnet mistede synet. Hun følte sig hjælpeløs, da hun ikke kunne gøre andet end at se på. Men også det ændrede sig med tiden.

Så blev Lia og E-Z venner, og svanen Alfred kom med i gruppen. Hun så på dem og lyttede. Hun følte sig som et usynligt og uhørt medlem af deres team. Hun så dem arbejde sammen og blive gode venner.

Pludselig talte hun til Lia i sine tanker, og den lille pige svarede. En helt ny verden åbnede sig for Rosalie.

I begyndelsen var deres samtaler noget begrænsede. Selvom der var en stor aldersforskel, havde de to nogle ting til fælles. For eksempel deres kærlighed til ballet.

Siden ærkeenglene ændrede reglerne, holdt Rosalie endnu mere øje med De Tre. Alligevel var disse udvekslinger ikke nok til at udfordre hendes sind og holde hende beskæftiget.

Det var da, Rosalie opdagede De Andre. Børn med unikke evner i andre dele af verden – og hun kunne tale med dem.

Først var der Brandy, en teenager, der boede i USA. Så kom der en besked fra Lachie, også kendt som Drengen i kassen. Den tredje, men ikke den sidste, var Haruto, der boede i Japan. Haruto var den yngste af dem alle. Alle tre børn havde evner. Og hun var den eneste, der kunne forbinde dem.

Foreløbig holdt Lia hende i kontakt med Alfred og E-Z, men snart måtte hun fortælle dem alt om de andre.

Rosalie rystede, da plejerne kom med hendes mad. Rød gelé. Hendes yndlings. Hun spiste den første efter at have hældt lidt fløde på. Fløde, der skulle have været i hendes kaffe.

I sit hoved sagde hun tak til pigen, der kom med maden, for Rosalie kunne ikke tale. Hun var ude af stand til at tale. Hendes eneste måde at kommunikere på var i sit sind...

At tilkalde De Tre for at besøge hende på plejehjemmet virkede ikke som det rigtige at gøre. Foreløbig ville hun lade Lia holde hende hemmelig, og hun ville skrive noter om Brandy, Lachie og Haruto og lægge dem i en bog.

Hun måtte gemme den for ærkeenglene. Hun ville oprette en hemmelig mappe. Hun ville ikke miste sporet af disse børn, uanset hvad.

»Åh!« udbrød hun og rakte ud efter den øverste skuffe i natbordet ved siden af sin seng. Hun huskede en gave. En notesbog. På forsiden stod der: «Tillykke med fødselsdagen!«

Hun skriblede på de første sider. Der kom ikke rigtig nogen ord ud af det, men da hun kom til den trettende side, begyndte hun at skrive om Brandy, Haruto og Lachie. Tretten havde altid været hendes lykkenummer, og hun begyndte at skrive om Brandy, Haruto og Lachie. Der var så meget at skrive. Da hendes hånd gjorde ondt, holdt hun op, strækkede den lidt og fortsatte med at skrive.

Rosalie spekulerede på, om der var andre børn end disse tre nye. Hvis hun ventede lidt, ville de måske også tale til hende. Det ville være bedre at afsløre sin hemmelighed, når alle børnene havde afsløret sig selv.

Rosalie var omhyggelig med ikke at skrive »Hemmelighed« eller »Privat« på ydersiden af bogen. Og hun var glad for, at der ikke fulgte en nøgle med. De tre ting ville få enhver, der så notesbogen, til at ønske at læse den. De ville blive nysgerrige, ligesom en kat. Der var mange på hendes alder, der var nysgerrige. Men de ville ikke have lyst til at læse videre, når de havde set de første tretten rodede sider.

Hun bladede til slutningen af bogen. Rosalie fyldte de sidste tretten sider med endnu mere rodede håndskrift. Så lagde hun bogen og kuglepenne tilbage i skuffen og lukkede den.

Hun smilede, lænede sig tilbage på puden og hvilede armen, mens hun tænkte på aftensmaden. Mest på desserten.

# KAPITEL 16
## HVOR VIL DU STÅ?

Der er én verden, vi lever i, en verden fyldt med både gode og dårlige mennesker. En verden styret af mennesker, der er fejlbarlige og ufuldkomne. Mennesker, der ikke er robotter... Ikke programmeret til at være gode eller dårlige.

Vi lærer om livet gennem det, vi ser, det, vi bemærker, det, vi lærer, og det, vi bliver.

Vi lærer fra de fundamenter, der er lagt for os. Når vi vokser og udvider vores horisont, skal der træffes valg.

Det er op til os at anvende den viden, vi har tilegnet os. At vælge mellem rigtigt og forkert.

Gennem tiderne er store mennesker blevet narret. Store og magtfulde mennesker. Selv voksne.

Nogle gange er beslutninger nemme. Uden gråzoner. Nogle gange er der kræfter uden for vores kontrol, der leder os. Andre presser os til at følge deres etiske kodeks. Nogle gange er der uventede elementer.

Lad os sige, at vi er på en vej, og nogen sætter en vejspærring op. Vi kan fjerne den eller stoppe og vente på, at personen fjerner den. Vi kan vælge.

Livet handler om valg. De valg, vi træffer, kan forme vores liv. Vi følger den vej, der er lagt med murstenene fra vores gode beslutninger.

Eller vi kan lade os vildlede. Narre. Lokke til at handle imod det, vi ved er rigtigt.

Når det sker, kan alt vælte – som dominobrikker.

Og der vil være konsekvenser for vores handlinger – eller manglende handlinger. Ikke kun for os selv. Det, vi gør, påvirker andre.

Og i sidste ende, efter vi dør, bliver vi alle fanget og holdt fast i armene på vores sjælefangere.

Furierne – tre onde gudinder – tager kontrol over sjælefangere.

Sjælefangere bliver kapret.

Sjæle flyver rundt uden et hjem.

Hjemløse sjæle.

Kaos er i horisonten.

Hvor vil du stå?

# KAPITEL 17

## ROSALIE I DET HVIDE VÆRELSE

Rosalie åbnede øjnene. Det var spisetid, og hun havde bedt om en morgenmadsbakke. Hendes værelse lå på vejen til spisestuen. Når de bar maden derhen, kunne hun dufte bacon. Det fik munden til at løbe i vand. Og kaffen. Hun ventede på sin tur. Hun havde ikke andet valg end at vente på sin tur.

Hun vidste, at de foretrak at servere maden for beboerne i spisestuen. Hun forstod, at det var nødvendigt at holde sig til en tidsplan. Alligevel vidste hun, at de nok skulle komme til hende – før eller senere. Det gjorde de altid i det plejehjem, hvor hun boede.

Hun kiggede på en kardinal i et træ uden for vinduet og overvejede at stå op for at se nærmere på den. Men da hun smed dynen til side og trådte ned på tæppet, følte hun sig underlig. Uklar.

Og landede i Det Hvide Værelse.

Intet havde ændret sig, siden E-Z havde været der. Det tog ikke lang tid for Rosalie at finde fodfæste og begynde at udforske.

Da hun lod fingrene glide hen over bogreolerne, fik hun en fornemmelse af déjà vu. Havde hun været i dette rum før?

Hun gik hen til midten af rummet og vendte sig om. Bogreolerne fortsatte i det uendelige. Så langt øjet kunne se. Deres højde gjorde hende svimmel, og hun længtes efter at sætte sig ned og få vejret.

BINGO

En behagelig stol dukkede op, og hun lod sig falde ned i den. Hun lænede sig tilbage og opdagede, at den havde hjul og kunne dreje rundt, så hun drejede den. Og drejede den. Så lukkede hun øjnene og hvilede sig. Glad for, at hun ikke havde spist morgenmad endnu, for hun var lidt kvalm, da noget bevægede sig over hende.

Eller havde hun bare forestillet sig det?

»Du der!« råbte hun og pegede på ingenting og ingen. ›Jeg så dig bevæge dig, du, din lille... hvad du end er, kom frem, kom frem,‹ lokkede hun.

Hun besluttede, at hun havde forestillet sig det, og vendte tilbage til at undersøge sine omgivelser. Og undrede sig over, hvordan hun var kommet til dette sted.

»Er jeg tilbage i mit værelse og forestiller mig, at jeg er her?« Hun brugte neglene til at grave sig ind i stolens armlæn. Hun så, hvordan de skrabede mærker i læderoverfladen. Mærkerne var lette ridser, lette nok til at kunne fjernes med lidt gnidning. Hun var trods alt gæst, og gæster skal altid passe på det sted, de besøger. Ellers bliver de ikke inviteret tilbage.

Over hende bevægede noget sig igen. Denne gang ledsaget af lyden af vingeslag. Var der en fugl fanget deroppe, som ikke kunne komme ud?

»Jeg kommer, lille ven,» sagde hun, rejste sig og gik hen mod stigen.

Den trækonstruktion, som om den kunne læse hendes tanker, rullede hen over gulvet og standsede ved hendes fødder.

»Hop op!« sagde den.

Rosalie gjorde det, og det var først, da den bevægede sig, at hun indså, at den havde talt til hende.

»Øh, tak,« sagde hun, da den standsede.

»Det var så lidt,« sagde stigen. »Er der nogen bestemt bog, du leder efter?«

Rosalie lo. «Jeg troede, jeg hørte en fugl. Shhhh.«

Stigen lo. »Der er ingen fugle herinde, frue. Den lyd, du hører, kommer fra bøgerne.«

»Bøger med vinger?« »Ja,« svarede stigen. Så sagde den: »Du der! Kom her!«

Rosalie så, hvordan en tyk sort bog skubbede sig frem til kanten af hylden. Så voksede der vinger ud af dens for- og bagside. Den fløj ned og landede i Rosalies hænder.

»Åh nej!« sagde hun og kiggede på ryggen. ›Den har jeg vist allerede læst.«

DWOING.

Bogen rev sig ud af hendes hænder og vendte tilbage til sin oprindelige plads på hylden.

»Undskyld,‹ sagde Rosalie. Så til stigen: «Jeg håber ikke, jeg har fornærmet hr. Dickens.«

»Hvis du er færdig med mig nu,« sagde stigen, ›må jeg foreslå, at du hopper ned?«

»Undskyld, jeg spildte din tid,‹ sagde hun.

»Det gjorde du ikke. Det var en fornøjelse at hjælpe.«

Rosalie trådte ned, og stigen susede over til den anden side af rummet.

Rosalie mærkede sin pande, nej, hun havde ikke feber. Hendes blodsukker måtte være faldet for lavt. Og nu ville hun ikke få noget at spise i timevis. Og den tyv Agnes Lindsay ville stjæle hendes morgenmad. Hun ville snige sig ind på hendes værelse og spise det hele. Når tjenestepigerne kom tilbage for at hente bakken, ville de tro, at Rosalie havde spist det. Rosalie og Agnes var ærkefjender.

For at få tankerne væk fra sin rumlende mave koncentrerede Rosalie sig om bøger. En bog i særdeleshed. En bog, hun havde elsket at læse igen og igen, da hun var lille. Den hed Anne of Green Gables af, af... Hun kunne ikke huske forfatterens navn.

»Lucy Maud Montgomery,« sagde stigen, da den kom farende hen til hende. ›Hop op,‹ sagde den.

»Ah, tak for tilbuddet, men jeg er for sulten og måske for svimmel til at klatre op på dig.«

»Sæt dig ned,» sagde stigen, ›derovre.‹ Så fløjtede stigen, og højt oppe på hylderne bevægede en bog sig fremad. Den fik vinger på forsiden og bagsiden og fløj ind i Rosalies hænder. Hun krammede den ind til sig.

»Tak,« sagde hun.

»Er det alt?« spurgte stigen.

»Ja, medmindre du har et ekstra par læsebriller gemt et eller andet sted i dette rum.«

BINGO.

Hendes briller dukkede op og sad perfekt på hendes næse.

Stigen vendte tilbage til sin tidligere position.

Rosalies ankler gjorde ondt.

BINGO.

Der dukkede en fodplade op under hendes fødder.

Hun åbnede bogen. Inde i bogen var der en tegning af bogens hovedperson, Anne Shirley. Hun lod fingeren glide langs konturerne af den lille forældreløse piges røde hår.

Anne blinkede til Rosalie. Hun blinkede tilbage og smilede. Hun havde hørt om interaktive bøger før, men denne var noget helt særligt!

Med rystende hænder foldede hun kortet over Canada ud. Hendes øjne fulgte pilene, der førte til Prince Edward Island. I tankerne gik hun afstanden

– og ankom til Green Gables. Uden for huset stod familien Cuthbert. De ventede på Anne.

Hun vendte siden og begyndte at læse. Hun lo, hver gang Anne kom ud for en ny situation.

Så knurrede Rosalies mave, og hun ønskede sig noget, der ikke lignede morgenmad. En gelésalat. Noget, som hendes mor plejede at lave til hende, når hun var lille. Det bedste var flødeskummet på toppen.

BINGO.

Foran hende stod en regnbue af gelésalat med en klat flødeskum på toppen. Hun tænkte på en ske og

BINGO.

Der dukkede en op. Men så huskede hun, hvordan hendes mor og far skældte hende ud, hvis hun spiste desserten først. Hun tænkte på kartoffelmos. Dampende varm med smeltet smør på toppen. Åh, og farsbrød med ketchup. Og ærter, der var plukket friske fra haven.

BINGO.

Foran hende stod en kæmpe skål kartoffelmos. Smør smeltede ned ad siderne. Det var et kunstværk. Det så næsten for godt ud til at spise.

Ved siden af lå et stykke farsbrød med en klat ketchup på toppen.

Og i en separat skål lå ærterne. Med en kvist mynte på toppen.

Hun smilede. Som lille pige kunne hun ikke lide, at hendes mad rørte hinanden. I dette rum vidste kokken, hvad hun kunne lide.

Men kokken havde glemt at give hende bestik. Hun forestillede sig en kniv og en gaffel.

BINGO.

De kom også. Hun spiste grådigt. Hun var forsigtig med ikke at beskadige Anne of Green Gables. Bogen fornemmede, at den havde brug for beskyttelse, og fløj op og svævede i luften, hvor Rosalie let kunne nå den.

Rosalie spiste alt, inklusive Jell-o-salaten, der gyngede på skeen.

Da hun var færdig

BINGO

forsvandt tallerkener, bestik osv.

Efter et øjebliks taknemmelighed for den mad, hun havde fået, kiggede hun op på bogen.

Den fløj hen til hende, og hun fortsatte med at læse.

Læse og vente.

Hvad eller hvem hun ventede på – det vidste hun ikke.

# KAPITEL 18
## CHARLES DICKENS

London, England, faldt en metalbeholder ned fra himlen.

Beholderen var ikke lang eller siloformet. Faktisk lignede den mest en kapsel. Forskellen var, at denne genstand var firkantet og ikke havde vinduer. I stedet for vinduer var den spejlet på alle sider. Da den ramte vandet, var den flad og gled med enorm kraft. Den landede på bredden af Themsen.

To detektorister ved navn John og Paul var vidner til det hele. Begge mænd var i trediverne. De tjente til livets ophold ved at finde metalgenstande. Derfor blev de betragtet som professionelle detektorister.

Detektoristernes arbejdstid var varierende. De var selvstændige og ansvarlige for vedligeholdelse og administration af deres værktøj.

En detektorist havde brug for mange redskaber. Han ville ikke være ude på en udgravning uden at være forberedt. De fleste havde en værktøjskasse med sig overalt. Den indeholdt vigtige ting. For blot at nævne nogle få: hovedtelefoner, regnslag, seler, graveværktøj, murskeer, et værktøjsbælte, forklæde (med lommer), en vandtæt taske, rygsæk og affaldspose.

De fleste af John og Pauls udgravninger fandt sted i London ved Themsen. I henhold til loven havde de standard- og mudlark-tilladelser. Disse blev udstedt af Port of London Authority.

Tilladelsen gav dem lov til at grave ned til en dybde på 7,5 cm, hvis det var nødvendigt (stigen var nødvendig, uanset om man havde til hensigt at grave eller ej).

I tilfældet med det firkantede objekt, der var landet foran dem, skulle de tænke sig lidt om, før de hentede det og gjorde krav på det.

»Skal vi se nærmere på det?« spurgte Paul.

John, der ikke sagde meget, nikkede.

De traskede fremad med værktøjet i hånden. Deres gummistøvler squishede og squelchede og skubbede mudder og vand til side med hvert skridt. Flodbredden var ofte meget mudret efter flere dages vedvarende regn.

»Gør krav på det!« sagde Paul.

»Fair nok,« sagde John.

Selvom de begge havde set det på samme tid, vidste han, at det også var på hans vegne. De var partnere, havde altid været det, og intet kunne ændre det.

Begge trampede videre, indtil de nåede frem. Det lignede en firkantet spejlkugle, og da de forsøgte at undersøge den, var det eneste, de kunne se, deres egne spejlbilleder.

»Jeg trænger til at blive klippet,« sagde John.

Paul fnøs, da han rørte ved siden af den med sin støvletå. ›Der må være en måde at åbne den på,‹ sagde han.

»Den er for stor til, at vi kan rulle den om,« sagde John, mens han tog et målebånd ud af lommen og målte højden på den ene side. Han viste resultatet til Paul, som lød: 60 centimeter.

De gik rundt om genstanden. De standsede for at banke på den nu og da. De var forsigtige med ikke at efterlade fingeraftryk på den spejlede genstand. Men de håbede, at de ville finde en hemmelig knap, der kunne åbne den.

Og de lyttede. For at sikre sig, at det ikke tikker.

»Måske skulle vi tage det med på museet eller melde vores fund?« foreslog Paul. «De ville sende en lastbil eller en kran for at hente det og transportere det. Efter at bombeteknikerne har kigget på det.«

John rystede på hovedet.

»Hvis de sender bombeteamet, sprænger de den i luften. Der vil være glasskår overalt, og vores krav vil være værdiløst.«

»Ja, det er rigtigt,« sagde Paul. «De fyre elsker at sprænge ting i luften. Det er jo en del af jobbet, ikke?«

»Det tror jeg nok. Hvad skal vi gøre nu? Den tikker ikke. Det er vi sikre på.«

»Ja. Der er ikke brug for bombeteamet,« sagde Paul. Han gik rundt om genstanden med hænderne bag ryggen. Det var hans tænkegang. John fulgte efter ham og matchede hans skridt med hænderne bag ryggen.

Paul sagde: »Vi skal finde ud af, hvad det er, og hvor gammelt det er. Vi skal kun melde visse ting i henhold til Treasure Act fra 1996. Det ligner ikke guld eller sølv, og det ser bestemt ikke ud til at være mere end 300 år gammelt. Fundet er måske vores og kun vores, dvs. at vi måske ikke behøver at melde det til vores lokale FLO (Finds Liaison Officer).

»Det er helt sikkert ikke guld eller sølv,« sagde John og bankede på metalgenstanden og lyttede. Det lød hult. Han bankede på det et par steder og lyttede.

Over dem dukkede to lys op.

Det ene var grønt og det andet gult.

De landede på toppen af genstanden.

»Shoo!« sagde Paul.

»Er vi ved at blive vanvittige?« spurgte John og kløede sig i hovedet.

»Det tror jeg ikke,« svarede Paul.

Lysene løftede sig og svævede rundt. Begge faldt ned ved foden af containeren. Da de havde sat sig, løftede lysene den og holdt den på plads. Få sekunder senere begyndte den at dreje, først langsomt, derefter hurtigere. Snart roterede den med høj hastighed. Mens den drejede, begyndte den at synge med en høj stemme.

Detektoristerne faldt på knæ og dækkede ørerne med hænderne. Deres kroppe blev ramt af kvalme, ikke ulig søsyge. Og de var meget bange.

»Hvad sker der?!« skreg John.

»Jeg tror, den ting klækkes!« svarede Paul.

Da containeren faldt til jorden, pulserede den. Rystede. Skælvede. Da den spejlede kasse åbnede sig, faldt en del af den ned som en vindebro på den græsklædte flodbred.

»Arrrgggggh!« råbte detektoristerne.

De ventede og kiggede gennem mellemrummet mellem deres fingre. De var ikke længere interesserede i at få fat i den ting. De var ikke længere interesserede i dens værdi.

En ung dreng trådte ud.

»Det er et barn,« sagde Paul og rejste sig.

John rejste sig også og lagde hænderne på hofterne.

»Vent,« sagde Paul. «Han er klædt som en af Oliver Twist-børnene.«

»Jeg er genfødt,« udbrød drengen, løftede sin kasket og satte den tilbage på hovedet. Han strakte sig, gæspede og så sig omkring. ›Se der! Parlamentsbygningerne. De har ændret sig, siden jeg sidst så dem. Og hør,‹ sagde han, da uret slog en gang, to gange, tre gange. ›Hvorfor har de sat den store klokke i et bur?‹ spurgte han.

»Hvad mener du med et bur? Og den hedder Big Ben,« sagde Paul. «Og hvorfor er du klædt sådan? Skal du til kostumefest?«

Drengen klappede på forsiden af sin vest. Han tjekkede, at den var knappet helt og, at bukserne ikke var ved at falde ned. Han var mere vant til at gå i korte bukser, og de lange bukser havde altid tendens til at krølle sig sammen. Han havde en hat på hovedet, som han tog af, før han talte igen.

»Ved I, hvordan man kommer til Portsmouth?« spurgte han. ›Mor og far vil være urolige for mig.«

Detektørerne kiggede på hinanden, men ingen sagde noget. For en gangs skyld i deres liv var de målløse.

»Jeg går nu,‹ sagde drengen og satte hatten på igen.

POP.

POP.

Hadz og Reiki ankom og blokerede drengens synsfelt.

»Charles Dickens, du skal blive hos disse to mænd. De vil bringe dig hen, hvor du skal være. Du skal være hos E-Z.«

»Hvad sagde de?« sagde John og gned sig i ørerne. ›Jeg tror, jeg er ved at blive sindssyg.«

»De sagde, at han er Charles Dickens. Charles Dickens! Og vi skal hjælpe ham med at komme hen til E-Z, hvem han end er, når han er hjemme,‹ svarede Paul.

Charles Dickens. DEN Charles Dickens. Også kendt som E-Z's og Sams fjerne slægtning... Han løftede sin hat mod de to fe-lignende væsner. »Jeg havde engang en bog med en fe på omslaget af Grimm. Kender I ham?« spurgte han.

Hadz og Reiki fniste og forsvandt.

POP

POP.

Charles Dickens satte sin hat på igen. »Jeg tager til Portsmouth.« Han begyndte at gå.

»Nej, det gør du ikke,» sagde detektoristerne i kor.

»Jo, jeg gør,« sagde han.

»Portsmouth er langt at gå,« sagde John.

Bag dem begyndte den spejlede terning at ryste og rasle. Så sagde den: «Denne cybus autem speculatam vil selvdestruere om 5, 4, 3, 2, 1, 0.«

Detektoristerne kastede sig ned på jorden og dækkede deres hoveder med hænderne.

PUF.

Og så var den væk.

»Puh!« sagde Dickens. Så pegede han mod London Eye. ›Hvad i alverden er det?‹ spurgte han.

Detektoristerne løb foran Charles. De gik foran og ryddede vejen. Som to fodboldforsvarere beskyttede de ham. De undveg cykler, fodgængere og løse hunde. De styrede ham ind på andre stier for at undgå sporvogne, taxaer og scootere.

»Det hedder London Eye, og derfra kan man se mange kilometer væk.«

»Er der nogen chance for, at vi snart kan få noget at spise?« spurgte Charles og gned sig på maven.

»Hvorfor kommer I ikke med hjem til os og får en kop te først?« spurgte Paul. »Min mor laver en fantastisk kop te, og hun giver måske endda en eller to kiks.«

»Det lyder godt,» sagde Dickens. ›Så må jeg hellere komme hjem. Mor undrer sig nok over, hvor jeg er. Jeg må ikke være ude så længe, og solens stilling at dømme går den snart ned.«

Da de nærmede sig Convent Gardens, bemærkede Dickens en plakette. ‹Se her,« sagde han. »Mit navn står her.«

John og Paul kiggede på Charles Dickens.

»Hvad?« sagde han.

»Du bliver den mest berømte britiske forfatter nogensinde,« sagde John. »Og Oliver Twist er en af dine mest berømte figurer.«

»Er det rigtigt?« spurgte Charles.

»Ja,« sagde Paul. ›Og jeg vil ikke fornærme dig eller noget, men William Shakespeare er også ret berømt,‹ sagde Paul.

»Shakespeare var dramatiker. Har jeg skrevet skuespil?« spurgte Charles.

»Nej, du har skrevet romaner. Nå, så har du måske ret.«

De ankom til Pauls hus. ›Mor, det er Charles Dickens,‹ sagde han.

Hun stod i køkkenet iført et forklæde, som hun tørrede hænderne af på, inden hun gav Charles hånden.

»Er du i familie med DEN Charles Dickens?« spurgte Pauls mor.

»Dejligt at se Dem igen,« sagde John og skiftede emne. »Må jeg være så fræk at bede om en kop te med lidt brød og smør?«

»Gå ind og sæt jer, jeg kommer med det straks,« sagde hun og skubbede dem ud af køkkenet.

De satte sig i stuen. Paul satte sig tæt på vinduet, så han kunne kigge ud gennem gardinerne.

Imens tænkte John og Paul på det samme. Hvordan de havde opdaget Charles Dickens, og hvordan de kunne tjene lidt penge på det.

Paul søgte: Hvornår døde Charles Dickens? Svar: 1870. Han viste skærmen til John.

»Hvorfor ville du til Portsmouth?« spurgte John.

»Jeg boede der engang,» sagde Charles.

»Har du flere bøger?« spurgte Paul. »Jeg mener bøger, du ikke har udgivet endnu?«

»Det ved jeg ikke,« sagde Charles. »Har jeg skrevet mange bøger?«

»Ja, det har du helt sikkert, Charles,« sagde John.

»Er de gode?« spurgte Charles.

»Jeg læste Oliver Twist, da jeg var dreng, og også Great Expectations. Fremragende, men lidt for lange efter min smag,» sagde Paul.

»A Christmas Carol var god,« sagde John, »ikke for lang og med en fremragende morale.«

Der var stille i rummet i et par minutter.

»Jeg må finde denne Ezekiel Dickens – eller E-Z, som hans venner kalder ham,« sagde Charles. »Jeg ved ikke, hvordan jeg ved det, men jeg tror, han bor i Amerika.» Han gæspede og kunne næsten ikke holde øjnene åbne.

Pauls mor kom ind med et fad fyldt med lækkerier. Alle spiste sig mætte, og snart faldt Charles i søvn i stolen.

»Åh, den lille fyr sover sødt,« sagde Pauls mor, mens hun lagde et tæppe over ham.

»Han er så lille,« sagde hun.

»Men han er en af de største forfattere,« indskød John, ›Han har skrivning i blodet, så måske bliver han en stor forfatter en dag.«

Pauls mor lo og gik derefter op på sit værelse for at se lidt fjernsyn.

I mellemtiden diskuterede Paul og John, hvad de skulle gøre med Charles Dickens.

»Det er synd, vi ikke kan beholde ham,‹ sagde John.

»Jeg tror ikke, museet vil have ham,« sagde Paul.

De blev enige om at søge information om Charles Dickens på internettet.

POP

POP

John og Paul stirrede frem for sig, som om de sov. Selvom de var lysvågne. Hadz og Reiki sang en sang for dem, der lød nogenlunde sådan her:

»Charles Dickens er kun en dreng.

Han er ikke en detektivs legetøj.

Hjælp ham med at finde hans fætter i USA.

Gør det i morgen tidlig, ellers får I med os at bestille!«

Denne sang kørte rundt i John og Pauls hoveder, indtil de vidste, hvad de skulle gøre.

»Vi finder E-Z Dickens,» sagde Paul.

»Ja, det er det rigtige at gøre,« sagde John.

POP

POP

Og så var de væk.

# KAPITEL 19
## ROSALIE KEDER SIG

Rosalie var ved at blive træt af at læse Anne fra Grønnebakken. Jo ældre hun blev, jo sværere blev det for hende at koncentrere sig om én ting i længere tid. Hun tog brillerne af og ønskede, at hun havde en lavendelmaske til at dække øjnene.

BINGO.

En blød maske med en svag duft af lavendel blokerede lyset og beroligede hendes trætte øjne.

»Det er som om der er en magisk ånd herinde!« sagde hun, lukkede øjnene og faldt i søvn.

Da hun vågnede lidt senere og tog masken af, var hun tilbage i sin seng på plejehjemmet. Var hun blevet skør, eller havde hun været på en rejse i sin fantasi?

Rosalie følte sig lidt kold, sandsynligvis på grund af det kolde, sterile miljø, hun befandt sig i. På bestemte tidspunkter af dagen faldt temperaturen.

På de tidspunkter bemærkede hun, at beboerne var på deres værelser, mens plejepersonalet ryddede op. Da de arbejdede hårdt, mærkede de ikke kulden. Det gjorde de ældre ikke, som ikke lavede noget.

BINGO.

Den nederste skuffe i hendes klædeskab åbnede sig, og hendes bløde og fluffy røde sweater fløj mod hende. Den holdt sig på plads, mens hun stak armene ind i den. Hun krøb sammen og nød varmen, mens den knappede sig selv.

»Det er en ret mærkelig begivenhed,» sagde hun.

Hun sad stille og drømte om en varm kop te med masser af sukker og mælk.

BINGO.

En fancy tekande med blomster på kom hen på et bord i nærheden. Da teen var trækket, hældte den sig selv op i en matchende tekop, tilføjede to klumper sukker og en smule mælk.

»Tre klumper, tak,« bad Rosalie.

En tredje klump blev tilføjet.

Tekoppen på en underkop svævede hen mod hende.

»Hvad med en eller to småkager?» spurgte hun.

Den standsede i luften.

BINGO.

Nu lå der to småkager på underkoppen.

»Du glemte en teske!«

BINGO.

»Tak,« sagde hun, stadig i tvivl om, hvorvidt hun hallucinerede og/eller var ved at miste forstanden.

Teen var stadig varm, ikke for varm. Sød, ikke for sød. Og den smagte dejligt sammen med shortbread-kiksene.

Da hun havde drukket den sidste dråbe fra koppen...

BINGO

Den forsvandt lige ud af hendes hånd.

Hun spekulerede på, hvor længe disse trylletricks eller fantasitricks ville fortsætte. Mens de varede, ville hun nyde dem fuldt ud.

»Vent et øjeblik!«

Hun huskede bogen. Den, hun ikke ville have, at nogen skulle kunne læse.

»Kan du,« spurgte hun luften, ›ordne det, så den anden, der kan læse min bog...‹ Hun rakte ned i skuffen og holdt den op. «Så den eneste, der kan læse den, udover mig selv, er Lia, Alfred og E-Z. Ingen andre.

Hvis nogen andre finder den og bladrer i den, vil alle siderne være tomme.«

Hun ventede på et tegn. Eller en lyd, men der kom ingen.

Hun lagde bogen tilbage i skuffen, vendte sig om og faldt i søvn igen.

POP

POP

»Sover hun endnu?« spurgte Hadz.

»Jeg tror det. Hun snorker!«

»Pas på ikke at vække hende. Men vi er nødt til at få hende med om bord – jeg mener, officielt.«

»Ærkeenglene gav hende kræfter til at passe på Lia, E-Z og Alfred. De kender til hende,« mindede Reiki om.

»Det er sandt, og hun vil være loyal over for de børn. Og de andre. Ærkeenglene kender ikke detaljerne om dem – og jeg tror, det er bedst sådan.«

»Enig. Så hvad skal vi gøre for at få det til at ske?«

»Rosalie,« hviskede Hadz direkte ind i hendes venstre øre. ›Du vil hjælpe Lia, E-Z og Alfred, ikke?«

»Ja,‹ svarede Rosalie.

Reiki talte. ›Og hvad med de andre? Er du villig til at beskytte dem? Selv mod ærkeenglene?«

»Ja,‹ svarede Rosalie.

»Meget godt,« sagde Reiki. «Lad os nu give hende et hukommelsesboost. Vi vil jo ikke have, at hun glemmer, hvad hun har lovet, vel?«

Hadz og Reiki sang en sang

»Minder er smukke ting.

De svæver rundt som røgringe.

Frem og tilbage, tilbage og frem

Lad Rosalies minder holde hende på sporet.

Magi, magi i luften og i havet

Binder vores kontrakt med Rosalie.«

POP

POP

Hadz og Reiki var væk, mens kære gamle Rosalie snorkede videre.

# KAPITEL 20

## FÆTTERE

O m morgenen i England, mens kedlen kogte, gjorde John og Paul sig klar. Computeren var tændt, og søgemaskinen var åben.

»Jeg laver te,» sagde John.

»Jeg begynder at skrive,« sagde Paul, mens han tastede Ezekiel Dickens ind i søgefeltet. »Åh,« sagde han. »Det var uventet.«

John kom ind med et bakke med te, sukkerklumper i en skål, varmt smørristet toast og et glas marmelade ved siden af.

»Har du fundet noget?» spurgte han.

»Se her,« sagde Paul, vendte skærmen og rørte sukkerklumperne i sin te.

Det var The Three's Superhero-hjemmeside. De så E-Z præsentere sig selv, efterfulgt af Lia og Alfred.

»Er det ægte?« spurgte John. ›De ligner tre figurer fra Cartoon Network.«

Så begyndte genskabelsen af redningen i rutsjebanen. Paul trykkede på PAUSE. Han åbnede et nyt vindue. Han skrev Amusement Park Rescue E-Z Dickens. En avis med en artikel om det dukkede op. ‹Det er ægte,« sagde han.

»Så Charles' slægtning er en superhelt?«

»Synes du, vi ligner hinanden?» spurgte Charles. Han var stadig halvt i søvn i den store pyjamas, de havde givet ham at sove i. Han tog en skive toast fra tallerkenen og bed i den.

»I har begge Dickens-næser,« sagde John.

Charles kiggede nærmere på den pausede del af skærmen.

»Baseret på, hvornår du er født,« sagde Paul, mens han googlede det, ›i 1812 til nu, ville E-Z være din syvende eller ottende fætter i anden led.«

»Hvad betyder det, at en fætter er i anden led?«

»Det betyder antallet af generationer mellem jer,‹ sagde John.

»Så min forfader er en superhelt. Hvad er en superhelt? Er det ligesom i Sir Gwain og Den Grønne Ridder?«

»Ah, det kan jeg godt huske at have læst i skolen, da jeg var dreng, ja, riddere og superhelte er meget ens,« sagde Paul.

John rullede ned for at se, om E-Z Dickens blev nævnt andre steder. Der var YouTube-klip af ham, hvor han spillede baseball, før han kom i kørestol og efter.

»Han er en ret god atlet,« sagde John. »Og han dyrker sport i kørestol.«

»Spillet ligner Rounders,» sagde Charles.

»Vent, her står der noget om hans forældre,« sagde Paul.

De læste nekrologerne for E-Z's forældre om den ulykke, der havde kostet dem livet.

»Stakkels dreng,« sagde Charles. «I det mindste har han sin fars bror Sam til at passe på ham nu.«

»Skal vi ikke bare ringe til ham?« spurgte Paul. Han åbnede sin telefon og ringede til oplysningen.

Charles kiggede over hans skulder, mens Paul talte i telefonen, og en kvindestemme svarede. ›Jeg har brug for en kop te,‹ sagde han.

John gik ud i køkkenet for at hente en til ham.

I mellemtiden bad Paul om nummeret til en Ezekiel Dickens i Nordamerika. Da han havde ringet op, og telefonen begyndte at ringe, satte Paul den på højttaleren.

»Hallo,« sagde Sam.

Charles tabte næsten sin kop te.

»Øh, hallo, jeg hedder Paul og ringer fra London, England. Jeg vil gerne tale med Ezekiel Dickens, tak.«

»Jeg er hans onkel, må jeg spørge, hvad det drejer sig om?» Sam gik ned ad gangen til E-Z's værelse.

De tre sad og så en film på det nye fladskærms-tv. Sam tog fjernbetjeningen og trykkede på MUTE. Så satte han telefonen på højttaleren.

»For at være ærlig, så er jeg ikke helt sikker,« sagde Paul. »Det er ikke mig, der vil tale med ham, det er altså, det er...«

»Mig.» En ny stemme tog over i telefonen. En yngre persons stemme.

»Og hvem er du?« spurgte Sam.

»Mit navn er Charles Dickens.«

Sam gav telefonen til sin nevø. »Han siger, han hedder Charles Dickens.«

»Jeg sagde jo, der ville ske noget mærkeligt i dag,« sagde Alfred.

»Det gjorde jeg også,« sagde Lia, ›men jeg vidste ikke, det ville involvere Charles Dickens!«

E-Z tøvede, før han sagde: ‹Det er E-Z Dickens, øh, hr. øh, Charles. Hvordan kan jeg hjælpe?«

Charles lo. Det var en nervøs latter. Han vidste ikke, hvad han skulle sige. Han havde aldrig før talt med nogen, der var på den anden side af jorden.

»Jeg er kommet tilbage,« sagde han hurtigt. ›For at finde jer. John og Paul, mine venner, er (han holdt hånden over telefonen) – detektorister...«

E-Z havde aldrig hørt ordet detektorister før.

»De bruger apparater til at finde ting,‹ sagde Alfred.

Paul tog over. »Der landede en ting i floden. Charles Dickens var i den. To lys, et grønt og et gult, fortalte os, at Charles skulle kontakte E-Z Dickens.«

»Hvad var det for en ting?« spurgte E-Z. »Var det ligesom en silo?«

»Det er John,« sagde en ny stemme. »Nej, det var en terning. En spejlet terning.«

E-Z holdt hånden over sin telefon: »Det lyder ikke som en af de silo-ting.«

»Har englene sendt jer?« udbrød Lia. »Jeg hedder Lia, og den anden stemme, I hørte, var Alfred. Vi er her sammen med E-Z og Sam.«

»Hyggeligt at møde jer alle sammen,« sagde Charles.

»Hvor gamle er I?« spurgte E-Z.

»Omkring ti, tror jeg. Er det rigtigt, at vi er fætre?«

»Ja,« sagde E-Z, ›og onkel Sam er også din fætter.«

»Vi er forbundet gennem tid og rum,‹ sagde Charles.

»E-Z er også forfatter,« sagde Sam.

E-Z krympede sig og følte, at hans kinder blev varme.

Sam skubbede sin nevø tilbage til virkeligheden.

»Det er meget at tage ind, hr. Dickens, øh, jeg mener Charles. Vi må planlægge, hvordan vi får dig herhen, ellers kan jeg komme til jer. Kan du blive hos John og Paul et stykke tid, så kontakter vi dig igen, når vi har fundet ud af, hvad vi skal gøre?«

Paul sagde: »Ja, mor siger, at Charles ikke er til besvær. Han kan blive hos os, så længe han vil.«

»Jeg ringer tilbage,« sagde E-Z.

Telefonen blev afbrudt.

»Åh, forresten,« sagde Sam, »der var ikke noget brugbart på Ardens harddisk. Bortset fra at det bekræftede, at de var online sammen og spillede et multiplayer-skydespil.«

»Godt at vide,« sagde E-Z, det havde han allerede fundet ud af selv.

# KAPITEL 21
## PLANEN OG ROSALIE

I hans værelse diskuterede E-Z, Lia og Alfred sammen med onkel Sam den samtale, de havde haft.

»Jeg kan ikke tro, at den rigtige Charles Dickens ringede til os,« sagde Sam.

»Ja, men jeg forstår ikke, hvorfor han er her. Og hvad han er kommet her for,« sagde E-Z. ›Jeg mener, han er ti år gammel – tror han. Og hans transportmiddel lyder underligt, en spejlet firkantet kasse. Hvad i alverden er det for noget?«

»Det lyder ikke som et rumskib,‹ sagde Alfred, «ikke at vi ved, hvordan et rumskib ser ud.«

»Vent lidt!» sagde Lia.

E-Z kiggede på hende. ›Tænker du det samme som mig?«

Hun nikkede.

»HVAD?‹ spurgte Alfred.

»Kan I huske, da ærkeenglene tilkaldte os for at fortælle os, at en af os skulle dø?« spurgte Lia.

Alfred og E-Z nikkede.

»Tænk på containeren. Som om I er tilbage i den igen, og husk de ting, vi fandt. Papirerne, vi fandt?«

»Jeg forstår, hvad du mener. Du mener de andreverdensoplysninger. Om vores liv i alternative dimensioner?» spurgte E-Z.

»Præcis,« sagde Lia.

Alfred hoppede op og ned på sengen.

»Hvad?« spurgte Sam.

E-Z forklarede så godt, han kunne.

»Lad mig se, om jeg har forstået det rigtigt,» sagde Sam. ›Vi har alle liv, der foregår et andet sted end her. Jeg mener på Jorden. Der er andre versioner af os selv, der lever liv adskilt fra vores. I separate tider, forskellige rum, forskellige dimensioner.«

»Det er rigtigt,‹ sagde E-Z.

»Kan vi så ændre vores liv?« spurgte Sam. »Jeg mener, ændre udfaldet? Kan vi forhindre forfærdelige ting i at ske?«

»Det tror jeg ikke,« sagde Lia. ›Men jeg ved ikke, hvor meget de vil have os til at vide om de andre dimensioner. Men ud fra det, Eriel fortalte os, er vi centrum. Alt andet, der sker, drejer sig om os og de liv, vi lever nu.«

»Så,‹ sagde Alfred, «at Charles Dickens er her, må have noget at gøre med Eriel og de andre.«

»Ja, det er også det, jeg tænker,» sagde E-Z. ›Men hvorfor nu? Prøverne er afsluttet. Det var deres valg. Alligevel kan de ikke lade mig være i fred.«

»At bringe Charles Dickens tilbage. Og en ti år gammel version af ham! Det giver ingen mening for mig,‹ sagde Lia.

»Måske når vi møder ham,« sagde Sam, »vil alt give mening.«

»Ikke hvis det involverer Eriel,« sagde E-Z. ›Intet er nogensinde ligetil med ham.«

»Det ser ud til, at en tur til London er vores eneste mulighed for at finde ud af det,‹ sagde Sam.

»Det føles ikke som om, jeg har været der så længe.«

»Ja, det er let for dig at tage af sted. Du skal bare dreje stolen i den rigtige retning, og så er du afsted,« sagde Alfred. ›Mens det for mig kræver en masse energi at flagre rundt, og vinden er en faktor.«

»Du kunne hoppe på et fly, hvis onkel Sam tog med dig,‹ foreslog E-Z. «Du skulle bare sætte dig i et sæde sammen med de andre passagerer og nyde turen.«

Alfred hængte hovedet.

»Jeg siger det ikke for at gøre dig ked af det. Jeg minder dig bare om, at vi alle er i samme båd.«

»Det forstår jeg. Og tak.«

»Okay, lad os komme tilbage til det, vi talte om,» tilføjede E-Z. Han slukkede for fjernsynet.

Lia stirrede frem for sig, som om hun var i trance. ›Rosalie!‹ udbrød hun.

»Hvem?« spurgte Alfred.

Lia fortsatte med at stirre ud i luften.

»Er Lia okay?« spurgte Sam. ›Hun trækker næsten ikke vejret.«

Lia rejste sig. ‹Der er noget, jeg må fortælle jer. Jeg har mødt en person, ikke i virkeligheden, men i mit hoved. Hun er i mit hoved, og jeg har talt med hende i et stykke tid. Hun bad mig om ikke at sige noget – endnu. Jeg tror, det har noget at gøre med det her med Charles Dickens' reinkarnation.«

»Vi lytter,« sagde E-Z og lænede sig tættere på.

»Hun hedder Rosalie. Hun bor på et plejehjem i Boston – og hun er ret gammel. Hun har demens.«

»Er det ikke det, der forårsager hukommelsestab?« spurgte Alfred.

Men i det øjeblik Rosalie hørte Lia nævne hendes navn, blev hun transporteret i sin bevidsthed og i sin krop til E-Z's værelse. Hun svævede over dem og lyttede opmærksomt til hvert eneste ord, der blev sagt. Hun rømmede sig for at se, om de kunne se eller høre hende – det kunne de ikke. Hun ønskede, at hun havde taget sin notesbog og pen med.

BINGO.

Begge dele var i hendes hænder. Hun smilede og begyndte at tage noter.

»Mener du, at I to har en forbindelse – gennem ESP?« spurgte Alfred. ›Jeg troede, jeg var den eneste, der havde ESP?«

»Det er ikke ligefrem ESP, tror jeg. Ikke på samme måde som du har det.«

»Hvordan da?‹ spurgte Alfred.

»Rosalies minder er væk. De fleste af dem i hvert fald. Hun genkender ikke engang sin familie, når de kommer på besøg. De kommer ikke så tit. Det gør hende ikke noget, for hun kan ikke lide dem. Men på en eller anden måde er vi blevet forbundet. Og hun vidste alt om os og vores kræfter. Hun har holdt øje med os, på en måde.«

»Hvorfor fortæller du os det nu?« spurgte E-Z.

»Fordi hun sagde, det var okay. Og hun nævnte også det hvide rum. Hun har været der ikke én, men to gange. Første gang blev hun bragt sikkert tilbage til sin seng – men ikke denne gang. Hun siger, hun er der nu, og at de ikke vil lade hende komme hjem.«

»Som I begge ved, har jeg været i et Hvidt Rum,« sagde han. ›Det er der, hvor ærkeenglene først gav mig løfter og sagde, at jeg ville få lov at være sammen med mine forældre igen. Det er stort set der, hvor de bragte mig om bord ved hjælp af prøverne.«

Sam indskød: ‹Eriel kidnappede mig til det Hvide Rum en gang. Det var ganske behageligt, i hvert fald i starten – indtil han ikke ville lade mig gå.«

»Ja,« sagde E-Z, «Eriel er taktløs. Og det er et ret fedt sted. Man får alt, hvad man beder om, ved at tænke på det – ligesom magi. Og der er bøger – bøger med vinger. Men jeg vil ikke gå for meget i detaljer her – lad os fokusere på Rosalie. Hvad sker der nu?«

Rosalie lo og tænkte på, hvad der ville ske, hvis hun fortalte Lia, at hun var to steder på én gang. Nej, det ville måske skræmme dem. Hun snakkede med Lia i sit hoved og fortalte et par små hvide løgne undervejs.

»Hun siger, at hun lader som om hun sover. Hun kan huske to prikker, en grøn og en gul, der svæver foran hendes øjne.«

»Hadz og Reiki,« sagde E-Z. »Sig til hende, at hun ikke skal være bange for dem. De er de gode.«

Ah, sukkede Rosalie. Så gik det op for hende, at dette måske var den mulighed, hun havde ventet på. At fortælle De Tre om de andre. Hun tænkte sig om og besluttede, at det var på tide at dele det, hun vidste.

»Vent, hun vil have mig til at fortælle jer noget.« Lia stirrede frem for sig, mens Rosalies stemme strømmede ud mellem hendes læber: «Der er andre som jer, jeg har set dem. Jeg tror, det er derfor, jeg er her.«

»Andre, som os?» udbrød Lia, Alfred og E-Z.

»Jeg er ikke sikker på, hvor meget jeg skal fortælle dem om de andre børn her i rummet. Har I noget råd til mig? Hvad skal jeg sige? Vil de gøre mig fortræd? Hvis jeg fortæller dem om de andre børn – vil de gøre dem fortræd?« sagde Rosalie gennem Lia.

»Over til dig, E-Z,« sagde Lia som sig selv.

»Lyt først til, hvad de har at sige,« sagde E-Z. ›De vil fortælle dig, hvad de allerede ved, og så kan du beslutte, hvor meget mere de skal vide, hvis overhovedet.«

»Godt råd,‹ sagde Alfred. «Vær altid en god lytter. Især når du holdes fanget mod din vilje på et fremmed sted.«

Lia tilbød: »Jeg holder gutterne her orienteret, hvis I vil have os til at blive på linjen – så at sige.«

Rosalie talte gennem Lias mund som sin egen: «Jeg har brug for at bevare alle mine sanser... så jeg siger over og slut for nu. Tak til dig og resten af banden for hjælpen. Jeg giver besked, hvis jeg får brug for jer, mens jeg er her. Ellers fortæller jeg jer alt, når jeg kommer hjem, hvilket bliver snart, for jeg går glip af middagen. I aften er der kalkun, kartoffelmos og ærter.« Hun tøvede. ›Åh, og forresten, Lia, det er en flot top, du har på.«

BINGO.

»Tak,‹ sagde Lia og kiggede ned på sin T-shirt og spekulerede på, hvordan Rosalie vidste, hvad hun havde på.

»Hvad?» spurgte E-Z.

»Åh, ikke noget,« sagde Lia.

Tilbage i det hvide rum igen. Rosalie tænkte, at hendes notesbog ville være bedre i skuffen i sit natbord.

BINGO

Og så var de væk.

BINGO

Middagen kom. Alt var lækkert, men nu kunne hun kun tænke på en tyk jordbærshake.

BINGO

Der kom en, og ved siden af den et stykke citron-marengstærte.

Det var da, at Eriel og Raphael ankom.

»Åh, åh,« sagde stigen, da de svævede ned mod hende og så ud, som om de var klædt ud til Halloween.

»Drømmer jeg? Eller er jeg død?« spurgte Rosalie.

»Hverken eller,« svarede ærkeenglene.

# KAPITEL 22
## MØD OG HILSE

»You go on ahead and finish your meal,» sagde Raphael.

»Ja, vi har ikke noget bedre at lave,« sagde Eriel.

Mens de så hende spise, havde Rosalie svært ved at tygge. Svært ved at smage. Og det virkede koldere. Hun kiggede på bogreolen, på stigen. Hun havde en fornemmelse af, at disse to fremmede var ude på noget, da hun lagde kniv og gaffel fra sig.

»Først og fremmest,» begyndte Eriel, ›må denne samtale forblive mellem os og kun os.«

I tankerne talte hun til Lia. ‹Er du der, barn? Lytter du?«

»...Udryddelse.«

»Undskyld,« sagde Rosalie, »men kunne du starte forfra, jeg mener fra begyndelsen? Jeg er gammel og har mistet tråden i det, du fortalte mig.«

Eriel pustede. Som en lille dreng, der var blevet skældt ud, åbnede han sine vinger og fløj væk. Da han nærmede sig toppen af biblioteket, krydsede han armene og ventede. Ventede på, at Raphael skulle prøve igen.

Raphael lænede sig tættere på Rosalie.

»Dine briller er rigtig pæne,« sagde Rosalie. «Men de gør mig lidt søsyg med alt det blod, der pulserer og flyder rundt derinde.«

Eriel lo.

Raphael tog sine briller af og puttede dem i lommen på sin sorte kappe.

»Min kære Rosalie,« sagde Raphael blidt, ›vær sød at se bort fra min lærde vens uhøflighed, men vi er i en situation her. En situation, hvor vi ikke kun har brug for din hjælp, men også hjælp fra E-Z, Lia, Alfred og de andre. Du ved, hvem jeg mener, når jeg siger ‹de andre', ikke?«

Rosalie nikkede uden at sige noget.

»Vi er et team af ærkeengle, og vores kræfter er begrænsede. Det, der sker over hele verden, sker med sjæle.«

»Mener du, når mennesker dør?« spurgte Rosalie.

»Præcis.«

»Men er det ikke mere jeres område end vores? Du har talt med Gud – han kender dig, ikke? Og hvis I prøver at rette op på en alvorlig situation, hvorfor så ikke spørge ham direkte?«

Da Raphael og Eriel ikke sagde noget, fortsatte Rosalie.

»Så vidt jeg forstår, bliver en persons lig begravet, når vedkommende dør. Eller kremeret. Deres sjæle – hvis de eksisterer – lever videre et andet sted.«

Eriel var på hende på få sekunder og knurrede. »Det er forkert.«

Raphael skubbede ham til side. ›Det er mere kompliceret, end du ved. For kompliceret for de fleste mennesker at forstå.«

»Mennesker er ret kloge,‹ sagde Rosalie. «Vi har været på månen, opfundet flyet, internettet, ilden. Jeg er ikke noget geni, og alligevel har du bragt mig hertil for at overbevise mig.«

Eriel lo igen.

Denne gang kunne Raphael ikke lade være, og hun lo også.

Og lo. Og lo.

Ingen af dem kunne stoppe sig selv.

Rosalie ignorerede dem. Ignorerede det, der foregik omkring hende. Stigen, der kastede sig frem og tilbage, frem og tilbage. Bøgerne, der sprang ud og ind igen. Det var sådan en larm. Så støjende. Hun længtes efter stilheden i sit værelse igen.

Anne fra Green Gables, tænkte hun.

BINGO.

Bogen lå i hendes hænder. Hun åbnede den, fandt et bogmærke og begyndte at læse. Hvis de havde brug for hendes hjælp, måtte de arbejde for det. Nu hvor de havde fornærmet hende og hele menneskeheden, ville hun ikke gøre det let for dem.

»Godt gået,« hviskede Lia i Rosalies sind. «Du har kommandoen. Og jeg er her sammen med E-Z og Alfred, og vi bakker dig op.«

Raphael og Eriel grinede stadig. Helt ude af kontrol. De sprang ind i hinanden i luften, som balloner, der var bundet sammen.

Så kom hun i tanke om, at hendes citron-marengstærte ikke var blevet spist endnu. Hun lagde bogen fra sig, stak gaflen i tærten og tog en bid. Den var perfekt. Ikke for sød eller for syrlig, lige som hendes mor plejede at lave den. Hun tog endnu en mundfuld.

Over hende var Eriel og Raphael i hysterisk latter.

»Hold op!« råbte Rosalie. ›I to er de mest uhøflige, mest modbydelige væsner, jeg nogensinde har mødt. Og jeg har mødt nogle ret modbydelige mennesker i min tid.‹ Hun lagde sin gaffel fra sig. ›Har I ikke lært nogen manerer? Overhovedet ingen manerer?‹ Hun tog sin gaffel og pegede den i deres retning.

Eriel fløj ned. Han var over Rosalie med munden åben på få sekunder. Hun stak den i citroncremen og stak den derefter i ærkeenglen mund.

»Ad!« skreg han. Han spyttede det ud, som om hun havde givet ham arsenik.

»Mor har altid lært mig at dele,« sagde hun med et smil.

Eriels bleghed skiftede fra sort til grøn. Efter at have kastet op forsvandt han gennem væggen.

»Han er vist ikke så vild med tærte?« sagde Rosalie.

Lia lo i Rosalies sind.

Raphael tog sine briller ud af sin kåbes lommer, rensede dem og satte dem tilbage på sit ansigt. Hun satte sig ved siden af Rosalie. Hun sad så tæt på, at hun næsten sad på hendes skød.

Stakkels Rosalie.

»VI VED, DER ER ANDRE, OG VI SKAL VIDE, HVEM DE ER, OG HVOR DE ER – NU!«

Mens hun talte, forvrængedes Raphaels ansigt til noget uigenkendeligt.

Rosalies hår rejste sig. Hendes krop rystede.

»Uhøflige mennesker får aldrig, hvad de beder om, og du, min kære, er meget uhøflig. Det er din ven også,« hviskede Rosalie.

Rosalie vendte tilbage til den person, hun havde været før.

Men denne gang havde ærkeenglen ændret taktik. Hendes stemme var sirupsagtig, da hun sagde

»Jeg går gennem den væg og slutter mig til Eriel. Om fem minutter vender vi tilbage og begynder forfra. Vi har brug for din hjælp – du har ret – og vi beder ikke om den på den måde, vi burde.« Derefter til kvinden i væggen: »Indstil timeren til fem minutter.« Så tilbage til Rosalie: »Når timeren ringer, kommer vi tilbage og begynder forfra.« Som lovet gik Raphael hen mod væggen og forsvandt gennem den.

Uret i væggen tikede højt. Det virkede malplaceret. Endda for højt til biblioteket.

»Det er meget irriterende!« sagde stigen og kom tættere på.

»Undskyld al den uro,« sagde Rosalie. ›Min tilstedeværelse har kun skabt kaos.«

»Vi kan godt lide dig,‹ sagde stigen. «Hvorfor bevæger du dig ikke lidt? Det vil få dig til at føle dig bedre.«

Rosalie rejste sig og forventede at føle sig træt efter at have spist så stort et måltid. I stedet var hun fuld af energi. Især hendes ben. De føltes som om hun var ti år igen. Hun lavede en jumping jack. Hvor sjovt!

»Og nu,« sagde Rosalie, ›til hendes næste trick. Den store bedstemor vil forsøge ikke én, ikke to, men tre på hinanden følgende hjul,‹ – hvilket hun gjorde. ›Tak, tak!‹ sagde hun og bukkede og vinkede, som om hun havde vundet en guldmedalje ved OL.

BRRRIIIING.

Tiden var gået. Eriel og Raphael ankom.

Ærkeenglene var klædt anderledes. Som om de skulle til to forskellige fester.

Eriel havde en mørk, stribet jakkesæt, hvid skjorte og slips på.

Raphael havde en rød, mu-lignende kjole på, der dækkede hele hendes krop fra hals til tæer.

»Jeg føler mig underklædt,« sagde Rosalie.

BINGO.

Hun havde nu taget sin fineste kjole på. Det var den, hun havde sagt, hun ville have på, når hun døde.

Hun faldt ned i stolen og stirrede op. Og ærkeenglene svævede hen imod hende. Deres vinger bevægede sig som sommerfuglevinger, mens de nærmede sig hende med ynde og skønhed. Hendes øjne fyldtes med tårer.

»Hvad kan jeg gøre for jer, mine kære?« spurgte Rosalie.

Det var som om de nu havde magt over hende, en magt som hun ikke ønskede at overvinde. Hun faldt til gulvet og knælede foran de to ærkeengle. Raphael rørte hende på højre skulder, og Eriel rørte hende på venstre skulder.

»Fortæl os, hvad vi har brug for at vide,» sagde de med blid stemme.

»De andre er spredt,« sagde hun, og faldt derefter til gulvet som en marionet uden tråde.

»Hun er for gammel til det her,« sagde Eriel. ›Hvis hun dør, er hun ubrugelig for os.«

»Fortsæt, det virker.«

POP.

POP.

Hadz og Reiki dukkede op og hviskede hver især i Rosalies øre. De hjalp hende på benene.

»Forsvind herfra, I to indtrængende!‹ råbte Eriel med en eksplosiv stemme.

Rosalie kom ud af den trance, de havde sat hende i.

»Forsvind!« udbrød Raphael, og der var ingen POP, i stedet hørtes en enkelt

SPLAT.

Rosalie lagde hænderne på hofterne: «Jeg håber, I ikke har gjort de to skatter fortræd. Faktisk, hvis I vil have mig til at overveje at hjælpe jer, så må I bringe dem tilbage hertil NU, så jeg kan se, at de er okay. Jeg nægter at sige mere til jer, før I bringer dem tilbage.» Hun gik på tværs af rummet, satte sig med ryggen mod den hvide væg, lukkede øjnene og ventede. Hun havde hele dagen, hele ugen, hele året. Hun havde ikke travlt med at være noget sted eller gøre noget.

POP.

POP.

»Tak,« sagde Hadz og Reiki, da de satte sig på Rosalies skuldre.

»Vi ødelægger det her,« sagde Raphael. Derefter til Hadz og Reiki: »I kender situationen på Jorden, kan I hjælpe os med at få hjælp fra denne menneske?«

Reiki sagde: ›Vi ved, at der er en situation! Hvis I ikke havde brudt aftalen med E-Z, Lia og Alfred, ville de allerede være om bord. Rosalie stoler ikke på nogen af jer.«

Hadz sagde: ‹Og I har ikke været ærlige over for hende.«

Hadz sagde: »For mennesker er tillid og ærlighed alt.«

Eriel stormede mod dem.

Raphael holdt ham tilbage, før hun sagde: «Der er begået en fejl, fra vores side, og denne fejl har årsag og virkning. Vi prøver at redde jorden fra følgeskader. Den eneste måde, vi kan gøre det på, er at tilkalde dem, der har fået overnaturlige superheltekræfter. Uden dem vil menneskeheden gå under – og det vil være vores skyld.«

Rosalie rejste sig. Hun kiggede på de to små væsner, der sad på hver af hendes skuldre. »Kan jeg stole på disse to?«

»Raphael er troværdig,« sagde Hadz.

»Men vi er ikke sikre på ham,« sagde Reiki.

POP.

POP.

Begge forsvandt i frygt for at blive sendt tilbage til minerne af Eriel.

Eriel steg højere og højere og forsvandt derefter gennem loftet.

Rosalie skiftede emne. »Mens jeg tænker over det, kan du forklare mig, hvad dette sted er? Jeg kalder det Det Hvide Rum, men er det det rigtige navn – og hvorfor er det, at hver gang jeg ønsker mig noget, så dukker det op? Måske hedder det Det Magiske Rum?« I det øjeblik tænkte Rosalie på E-Z, englen/drengen i kørestolen.

ACK.

E-Z ankom.

»Wow!« sagde han, da han indså, at han var kommet ind i Det Hvide Rum sammen med Rosalie. Han tænkte på sine solbriller, og

PRESTO

De sad på hans ansigt. Han gik rundt i rummet og følte på sine ben og gulvet igen. Så rakte han hånden frem og sagde: ›Du må være Rosalie.«

»Og du må være E-Z,‹ sagde hun, «uden din kørestol. Dette sted er virkelig magisk!«

»Og hej, Raphael.«

»Velkommen, E-Z,« sagde Raphael. Så til Rosalie: «Så meget for diskretion – det her skulle være fortroligt.«

»Uanset hvilke løfter hun giver dig, vil hun bryde dem. Hun er håbløs til at holde ord – og Eriel er endnu værre, ligesom Ophaniel – og du har ikke engang mødt hende endnu. Men jeg ville bare fortælle dig, at de alle sammen er en flok løgnere.«

»Det har jeg godt regnet ud,« indrømmede Rosalie. ›Og han gik, Eriel opfører sig som et forkælet barn.«

»Det ville jeg gerne have set,‹ sagde E-Z. «Det lyder meget ulig Eriel, men mand, det ville have været fantastisk at se.«

»Nok med den høflighed,« sagde Raphael. ›Jeg har vel ikke andet valg end at forklare situationen for jer også.‹ Hun stampede med fødderne og lod sine vinger falde ned langs siden i en sur mine. Hun vendte sig mod E-Z og Rosalie. «Verden skal reddes på grund af en fejl fra vores side. Vil du og de andre hjælpe os med at rette op på situationen – jeg mener redde jorden – eller ej?«

Rosalie og E-Z udvekslede blikke.

»Gør det,« sagde hun. «Jeg er med på alt, hvad I beslutter.«

E-Z svarede ikke med det samme.

»Hvis du fortæller mig alt, vil jeg videregive det til de andre, og så stemmer vi om det. Vi er en demokratisk gruppe.«

»Hvor lang tid vil det tage?« spottede Raphael. ›Og hvordan vil I kontakte mig igen? Skal jeg måske holde Rosalie her som fange, indtil I har fundet ud af det? Er 24 timer nok?«

Rosalie sagde: ‹Jeg har ikke noget imod at blive her i rummet. Der er masser af bøger at læse, og jeg kan bestille alt, hvad jeg vil. Det er meget mere interessant og spændende end at være i hjemmet.«

E-Z nikkede. Til Rosalie sagde han: »Tak, og du har ret, dette værelse er ret specielt. Du er i sikkerhed her.« Derefter til Raphael: »Rosalie bliver ikke din fange, hun bliver faktisk din gæst.« En bog fløj ned fra hylden og landede i hans hånd. Det var Harry Potter og Hemmelighedernes Kammer.

»Den vil jeg gerne læse,» sagde Rosalie. Bogen forlod E-Z's hånd og fløj mod Rosalie. Hun greb den, åbnede den og begyndte straks at læse.

»Rosalie bliver vores gæst,« sagde Raphael. »Tyve-fire timer, så?«

»Tyve-fire timer,« sagde E-Z.

»Vent!« skreg en stemme. En stemme uden krop. En stemme, der ekkoede og ekkoede. Indtil en bog faldt ned fra en hylde ovenover. Den styrtede mod gulvet, indtil dens vinger sprang frem og reddede den fra at knække ryggen.

Raphael så forskrækket ud over stemmen. Hun forsøgte at trække sig tilbage, men noget holdt hende tilbage.

Rosalie og E-Z ventede og lyttede.

»Raphael har ikke fortalt jer alt,» sagde den tordnende stemme.

Det var som om luften vibrerede med hver eneste stavelse, men på en god, venlig og blid måde, ikke på en skræmmende, verdensundergangsagtig måde.

»Fortæl os det,« sagde E-Z.

»Lidt mere stille,« foreslog Rosalie. «Jeg er gammel, men ikke døv, ved I nok!«

»Undskyld,« sagde stemmen. Han rømmede sig. Så hviskede han: ›E-Z Dickens, kan du huske de valg, vi gav dig? De to valg?«

E-Z huskede dem godt nok. Det ene var at blive i siloen for evigt. Minderne om hans familie i en endeløs loop. Det andet var at vende tilbage til sit liv med Uncle Sam.

»Ja.«

»Fortæl mig, hvad du husker om valgene,‹ bad stemmen.

»De sagde, jeg kunne blive i containeren og genopleve minder om min familie i en endeløs loop eller vende tilbage til mit liv med Onkel Sam.«

»Og sjælefangeren? Hvad med den?«

»Ingenting,« indrømmede E-Z med et skuldertræk.

Stemmen brølede – som om det gjorde ondt at tale. Hylderne rystede, og ting sprang tilfældigt frem og tilbage i luften. Først var der en kæmpe agurk. Det grønne objekt drejede med uret, derefter mod uret og forsvandt.

Derefter dukkede en spejlkugle op over dem. Den skiftede farve, mens den drejede rundt. Da den drejede alt for hurtigt, frygtede de, at den ville styrte ned på dem. De søgte dækning, men inden de nåede det, forsvandt kuglen.

Derefter dukkede et klovnehoved op. Det svævede foran dem og sagde: »Hvad er sort og hvidt og sort og hvidt og sort og hvidt og sort og hvidt?«

»Nok!« tordnede stemmen.

»Undskyld,« sagde Raphael.

»Det bør du også være!« rystede den første stemme. Så sagde han mere stille, blidt og blidt: «E-Z og hans team skal vide alt om Soul Catchers. Ellers vil de ikke forstå kompleksiteten af bruddet.«

Stemmen holdt pause i et par sekunder og fortsatte: »En Soul Catcher fanger sjæle, når et menneskeligt legeme dør. Det er et evigt hvilested. Alle mennesker og alle skabninger har et sted at tage hen. Det, I kalder en silo, er en Soul Catcher. Et hvilested for al evighed.«

»Okay,« sagde E-Z. »Hvad har det med verdens undergang at gøre?«

»Jeg vil se min sjælefangst,« sagde Rosalie.

»Hvis du og dine venner ikke GØR NOGET, vil ingen have en sjælefangst. Når din krop dør, vil du DØ. Det er det. Slut. Din sjæl og alle andres sjæle vil ikke have noget sted at tage hen, og når en sjæl ikke har noget sted at tage hen, er der ingen mening. Ingen grund til at eksistere længere. Og uden sjæle er mennesker bare kødklumper.«

»Vent lidt,« sagde E-Z. «Siger du, at den person, der er ansvarlig for Soul Catchers. Hvad du nu kalder dem – CEO, præsident, du forstår, hvad jeg mener. Siger du, at de er blevet kompromitteret?«

Raphael åbnede munden for at svare, men E-Z var ikke færdig med at tale.

»Hvordan fungerer hele denne Soul Catcher-ting egentlig? Jeg er blevet tilkaldt til min flere gange, og jeg er ikke engang DØD. Siger du, at disse, hvad de end er, nu kan tvinge mig ind i min Soul Catcher, når de har lyst?« Han tøvede: «Og hvad ved du om Charles Dickens? Han ankom i en spejlet container, så det var ikke en Soul Catcher. Hvordan kom hans sjæl fra det ene sted til det andet? Er hans genopstandelse jeres ærkeengles værk?«

Raphael ventede for at se, om han havde flere spørgsmål.

Det havde han.

»Og hvad med mine to bedste venner PJ og Arden. Hvordan passer de ind i billedet? De ligger begge i koma. Jeg vil have dem tilbage. Vil det hjælpe dem, hvis jeg hjælper dig?«

Stemmen i væggen tordnede som svar.

»Ingen styrer Soul Catchers. Det er ikke en virksomhed, der er oprettet med henblik på at tjene penge. Når nogen dør, bliver deres sjæl fanget og lever videre i den tildelte Soul Catcher.«

»Jeg forstår det ikke,« sagde E-Z. Så sagde han: «Vent lidt, har nogen eller noget kapret Soul Catchers? Og hvis svaret er ja, så har jeg helt sikkert brug for mere information om, hvem de er, før vi blander os. Hvis I ærkeengle ikke kan besejre dem, hvordan kan I så forvente, at vi kan?«

Stemmen i væggen sagde til Raphael: »Eriel tog fejl, da han sagde, at denne dreng var dum som en dør. Han har forstået det med det samme. Godt gået, E-Z.«

»Øh, tak, tror jeg,« sagde han. »Men hvad var det egentlig, jeg forstod?«

Stemmen fortsatte: «Tre gudinder har faktisk kapret sjælefangere.«

E-Z åbnede munden for at sige noget, men inden han nåede det, talte stemmen igen.

»Charles Dickens ankom ikke i en sjælefangst, som du troede. Blodslægtninge har magt over tid og rum. Du tilkaldte ham. Han kom for at hjælpe dig.«

»Jeg tilkaldte ham ikke!« sagde E-Z.

»Og alligevel er han tilbage, og han kendte dit navn og ville hjælpe dig, er det rigtigt?«

E-Z nikkede.

»Og til dit sidste spørgsmål, ja, dine venners liv er i fare på grund af de tre gudinder.«

»Gudinder?« gentog E-Z. ›Som i græsk mytologi? Er de virkelige? Jeg troede, alle de historier var fiktion.«

»De er baseret på historiske fakta,‹ sagde Raphael.

»Vi kan ikke kæmpe mod et hold af mytologiske gudinder!« udbrød E-Z. »Vi er børn.«

»Risikoen er langt større, hvis I ikke gør det, for vi har ingen andre at bede om hjælp. Der er ingen Batman, ingen Spiderman, ingen virkelige superhelte. De eneste helte er jer børn. Kan I gøre det? Vil I hjælpe? Vi ved, hvordan vi løser dette problem. Vi har brug for folk på jorden. Mennesker med kræfter kan vinde. I kan besejre denne ting. Disse ting. For det første kan I SE DEM. Det kan vi ikke,« sagde Raphael.

»Jeg ved, I har brug for hjælp, men jeg kan ikke se, hvordan vi kan redde dagen – ikke mod magtfulde gudinder. Ja, vi har kræfter, men hvad er det egentlig, vi er oppe imod? Hvad forventes der af os? Hvilke farer er der for os? I er jo allerede døde – det er vi ikke. Hvis vi hjælper – hvad er risikoen?«

Han tøvede, og da ingen sagde noget, fortsatte han.

»Hvis vi siger ja, kan du så beskytte min onkel Sam, hans kone Samantha og babyerne? Kan du sikre, at PJ og Arden ikke ender som døde i Soul Catchers? Og hvad får vi ud af det? Vi risikerer jo vores liv. Du er ikke menneskelig, så du har intet at miste!«

Rosalie indskød: »E-Z, jeg kan ikke se, at du har noget valg. Du har ret, der vil være risici, og jeg er ikke død endnu – men jeg er gammel – så risikoen for mig er ikke så stor. Desuden kan jeg godt lide tanken om, at når mit liv slutter, vil der være en sjælefangstmand, der venter på mig.«

E-Z nikkede. »Det forstår jeg godt. Tanken om, at mine forældre svæver rundt. Alene. Hjemløse. Uden en sjælefangstmand. Det gør mig syg. Det gør mig så vred, at jeg har lyst til at spytte. Men jeg er stadig nødt til at tale med de andre,« gentog E-Z og krydsede benene. Det føltes så godt at kunne gøre simple ting som at krydse benene.

Du er ved at blive en rigtig taler, sagde Lia til ham i hans hoved.

»Øh, tak,« svarede han.

»Som du var,« sagde stemmen. »Fireogtyve timer. I mellemtiden bliver Rosalie her hos os.«

»Som din gæst,« understregede E-Z.

»Det er fint,« sagde Rosalie. ›Og jeg holder kontakten ved at chatte med Lia. Lia og jeg elsker at chatte.«

Han nikkede. Med Lia, via Lia. E-Z var ikke sikker på, hvad de vidste, og hvad de ikke vidste – men han ville ikke give dem noget, de ikke allerede havde.

»Vi ses snart,‹ sagde han og vinkede farvel.

Så sad han i sin kørestol igen. Han sad ansigt til ansigt med sine venner. Men hvordan kunne han fortælle dem det? Hvordan kunne han forklare det?

Til sidst besluttede han, at det bedste var at sige det hele. Og det var præcis, hvad han gjorde.

# KAPITEL 23

## ÆNDRINGER

Selvom E-Z's nyheder ikke var, hvad de havde forventet at høre, havde både Alfred og Lia masser at sige til det.

»De er godt nok frække!« udbrød Alfred. ›Efter alt det, de har gjort mod os. Jeg mener, at love noget og så bryde deres løfte og ændre spillereglerne. Jeg stoler i hvert fald ikke på nogen af dem.«

»Det her er stort, og det involverer vores kære, der er døde,‹ sagde E-Z.

»Hvordan det?» spurgte Sam.

»Jeg kender ikke detaljerne. Alt, hvad jeg ved, er, at det involverer tre onde gudinder, hvis plan er at kapre og kontrollere alle sjælefangere.«

»Det er vanvittigt!« sagde Lia. »Hvorfor vil de have dem? Hvorfor gå gennem alt det besvær? Hvad får de ud af det?«

»Vent lidt,« sagde E-Z. «Jeg fortæller jer alt, hvad de fortalte mig. Husk, at de heller ikke ved det med sikkerhed.

»Nå, men her kommer det. De er mytologiske gudinder, der er blevet genoplivet. Deres mål er at kontrollere sjælefangere – med alle midler.

»Og den måde, de har valgt at gøre det på, er at dræbe mennesker. Mennesker, der ikke skulle dø! Og så putter de dem i Soul Catchers, som de har kapret. Fra mennesker, der har brug for dem. Så deres sjæle har ingen steder at tage hen.«

»Jeg forstår det stadig ikke,» sagde Lia.

»Tænk på det på denne måde. Lia, du, Alfred og jeg har allerede været i vores Soul Catchers. Kun få får lov til at komme derind, før de dør. Jeg mener, hvem ville ønske det?«

»Enig,« sagde Alfred.

»Det samme her,» sagde Lia.

»Men hvad nu, hvis jeg fortalte dig, at din Soul Catcher er blevet fyldt af en anden – og derfor ikke længere er din?«

»Mennesker ved ikke engang, hvad Soul Catchers er!« udbrød Alfred. »De fleste tror, at deres sjæle kommer i himlen (eller i helvede, hvis de har været onde). Hvis de vidste det, ville de blive ked af det. Men det gør de ikke.«

»Ja, man kan ikke savne noget, man ikke kender til,« sagde Sam. ›Man kan heller ikke kæmpe for noget, man ikke kender til.«

»De fortalte mig, at mine forældres sjæle måske svæver rundt lige nu, hjemløse. Det ramte mig hårdt.«

»Det er netop derfor, de fortalte dig det!‹ sagde Sam. «Det er ren manipulation.«

»Nej, det er følelsesmæssig afpresning,« sagde Alfred. ›Men jeg forstår godt, hvorfor de sagde det. Hvis de havde fortalt mig det samme om min familie, ville jeg også ønske at blive involveret. Jeg vil kæmpe mod disse gudinder. Hvis jeg var en hidsig person, ville jeg handle umiddelbart ud fra mine følelser. Men vi skal være logiske her. Vi skal bevare roen.«

»Hvem er disse gudinder egentlig? Hvad ved vi om dem?‹ spurgte Lia.

»Og er vi sikre på, at ærkeenglene er på den rigtige side?« spurgte Sam.

»De sagde, at det var en fejl fra deres side, der forårsagede dette – men de fortalte mig ikke præcis, hvordan det skete eller hvorfor. Og de var ikke i humør til at blive presset for information – mere end jeg allerede havde fået ud af dem. Desuden har de Rosalie, og vores tid til at træffe en beslutning er ved at løbe ud.«

»Præcis,« sagde Lia. «Men hvordan kan vi træffe en beslutning, når vi ikke engang ved, hvad vi er oppe imod? De ved, at vi er børn. Ja, vi har hver vores unikke kræfter – men er de nok? Hvis ærkeenglene ikke selv kan håndtere denne situation... hvorfor tror de så, at vi kan?«

»Det kan jeg ikke sige. Jeg pressede dem for at få mere at vide. Hvis det ikke havde været for stemmen i væggen, havde de ikke fortalt mig så meget, som jeg fik at vide.«

»Hvor vover de at holde information tilbage fra os!« udbrød Alfred.

»Jeg har fortalt jer, hvad jeg ved. Der er tre af dem. De er gudinder – mytologiske væsner, som jeg troede ikke fandtes.«

»Vi kan finde alt, hvad vi har brug for at vide for at bevæbne os mod dem, på internettet,« sagde Sam. ›Men det vil tage noget tid.‹ Han tøvede. «Jeg tror dog ikke, vi vil have meget held med at søge efter oplysninger om Soul Catchers.«

»Jeg har allerede prøvet og kunne ikke finde noget.«

»Hvornår hørte du første gang om dem?« spurgte Sam.

»Stemmen i væggen antydede, at jeg havde hørt om dem før, men hver gang jeg prøver at huske det, er det som om en mur blokerer informationen.«

»Wow! Det samme sker for mig,« sagde Lia. »Det er så underligt.«

E-Z kiggede på klokken på sin telefon. »Nå, jeg har givet jer alle noget at tænke over. Vi har indtil i morgen tidlig til at træffe en endelig beslutning... men jeg tror ikke, vi har andet valg end at hjælpe dem. Hvis vi ikke gør det, hvem skal så?«

»Det tænkte jeg også,« sagde Alfred. »Men jeg kan stadig ikke lide den måde, de har håndteret det på.«

»Heller ikke mig,» sagde Lia. ›Jeg går i seng. Godnat alle sammen. Vi ses i morgen.‹ Hun lukkede døren bag sig.

»Er der noget, du har brug for?« spurgte Sam.

»Nej, jeg har det fint. Godnat, onkel Sam.«

»Godnat, E-Z. Du skal vide, hvor stolt jeg er af dig, og hvor stolte dine forældre ville være.«

»Tak.«

»Og godnat, Alfred,« sagde Sam, da han åbnede døren.

»Godnat,» sagde Alfred, lagde sig med hovedet under vingen og faldt i søvn.

E-Z kunne ikke sove og stirrede op i loftet med hænderne bag hovedet. Han lavede et par sit-ups og vendte sig på siden i håb om at falde i søvn. I stedet så han to lys, et grønt og et gult, der svævede mod ham.

»Er du vågen?« spurgte Hadz.

»Nej,» sagde E-Z med et smil, mens han satte sig op.

»Vi må ikke tale med dig,« sagde Reiki, »men vi er nødt til at tale med dig, så du må gætte, hvad det er, vi ikke må fortælle dig.«

»Gætte? Seriøst? Kan I give mig et hint... I ved, indsnævre det lidt for mig, bare lidt?«

De vordende engle hviskede til hinanden. De syntes ikke at være enige, for Hadz fløj til den ene side af rummet og Reiki til den anden.

»Okay, jeg går i seng. Når du har fundet ud af det, kan du fortælle mig det i morgen.«

Han faldt i søvn og vågnede igen. Han sad i sin stol og svævede hen over himlen. Han spændte sikkerhedsbæltet. »Hvad i alverden?«

»Vi besluttede, at vi ikke kunne indsnævre feltet for dig. Eller fortælle dig, hvad du har brug for at vide. For at du kan træffe en informeret beslutning... ville vi i stedet VISE DIG det. Så følg efter os.«

Mens skyerne susede forbi og den rene, men kølige natteluft fyldte hans lunger, følte E-Z sig mere levende, end han havde gjort i lang tid. På en måde savnede han at blive tilkaldt til prøverne for at hjælpe og redde mennesker i nød.

Siden han holdt op med at arbejde for Eriel, havde han ikke følt sig som en superhelt. Det var sandt, at han havde reddet en kat, der sad fast i et træ. Og han havde forhindret en baseball i at smadre et værdifuldt kirkvindue af farvet glas.

Men det meste af hans dagligdag gik med at tænke på fremtiden. Han planlagde at afslutte high school med de bedste forudsætninger for at få et stipendium. Til det bedste college eller universitet, han kunne komme ind på.

Onkel Sam og Samantha planlagde det nye barn. De holdt det hemmeligt, om det blev en dreng eller en pige, og ingen måtte komme ind i barnets nye værelse. E-Z syntes, det var underligt at være femten år og snart blive onkel, men han glædede sig til det.

Og Lia klarede sig godt i skolen og faldt godt til, selvom hun var gået fra syv til tolv år på relativt kort tid. Det, der havde fået hende til at ældes, syntes at være stoppet, og nu så det ud til, at hun var forelsket i PJ. Hun var helt klart ved at blive voksen, og han smilede, når han tænkte på, hvor bossy hun var blevet. Det mindede ham om Little Dorrit the Unicorn. De havde ikke set hende siden retssagerne. Måske havde ærkeenglene sendt hende for at hjælpe Lia, da de alle var forbundet. Så kom hans fætter Charles Dickens. Og PJ og Arden lå i koma – og ingen vidste, hvordan de skulle vækkes. Alfred holdt sig beskæftiget i huset. Siden han ankom, behøvede onkel Sam ikke at slå græsset så ofte.

Han mindedes de to retssager, han havde fundet ligheder mellem. Den med pigen, der var klædt ud som en figur fra et computerspil. Den anden med drengen, der havde fået besked på at dræbe E-Z for at redde sin families liv. De var forbundet. Eriel havde ret. Han skulle bare finde ud af, hvad det betød.

»Er vi der snart?« spurgte han og bemærkede, hvor koldt det var blevet. De kørte hurtigt og nærmede sig Death Valley National Park i Mojave-ørkenen. Det var december, en af de koldeste måneder på året i ørkenen om natten, og han ønskede, at han havde taget sin hættetrøje med. Det var så mørkt, at stjernerne så en million gange lysere ud. Som øjne på himlen med knap en fingers bredde imellem, eller så virkede det i hvert fald.

De engle i træning svarede ikke. De dykkede et par meter ned og fortsatte derefter med at flyve fremad i fuld fart.

»Fantastisk!« sagde han. ›Sig til, når vi skal lande. Jeg ville virkelig ønske, jeg havde en rejsebureau, der kunne fortælle mig, hvad det er, jeg ser.«

»Brug din telefon,‹ hviskede Lia og Alfred. Så blev de tavse.

De fløj videre over Badwater Basin, det laveste punkt i Nordamerika. Det hedder sådan, fordi vandet er dårligt – og derfor udrikkeligt på grund af for højt saltindhold. Men nogle dyr og planter kan trives i området, såsom salturt, insekter og snegle.

De fløj dybere ind i Death Valley, mens E-Z tog landskabet i sig og forsøgte ikke at tænke på, hvor tørstig han var.

»Er vi der snart?« spurgte han igen, da en sort fugl fløj over hans hoved og efterlod en klat fugleklat, før den fortsatte sin vej. ›Velkommen til Death Valley,‹ sagde han og tørrede det af på bagsiden af ærmet. Han skyndte sig for at indhente Hadz og Reiki.

# KAPITEL 24
## DEATH VALLEY, U.S.A.

**»** Hurtigere!« sagde Hadz og Reiki. ›Vi er næsten fremme ved Rhyolite.«

Han skyndte sig foran og indhentede dem. ‹Og hvad er der egentlig i Rhyolite?«

»Lidt baggrundsinformation,« sagde Hadz. »Medmindre du allerede har hørt om det?«

E-Z rystede på hovedet. Han havde lært om Grand Canyon i skolen, mest om hvordan den blev dannet.

Hadz fortsatte: »Rhyolite var engang en blomstrende by under guldfeberen i 1904. Det varede dog ikke længe, for i 1924 døde den sidste indbygger, og byen blev til en spøgelsesby.«

»Hvad betyder ordet Rhyolite?«

Reiki svarede: »Det er en sur vulkansk sten – lavaformen af granit. Den blev navngivet af en geolog ved navn Ferdinand von Richthofen i 1860.

Oprindelsen er græsk, fra ordet rhyax, der betyder en strøm af lava.«

»Så byen oplevede en stor guldfeber, og de opkaldte den efter en vulkansk sten?« Han tøvede. ›Jeg tror, jeg kan huske noget fra undervisningen om vulkansk aktivitet.«

»Det er korrekt,‹ sagde Hadz. «Det går to millioner år tilbage.«

»Det er en interessant lektion, men jeg er stadig ikke klar over, hvorfor vi er på vej til Rhyolite.«

Reiki udbrød: »Fordi det er hovedkvarteret for de forræderiske.«

»Dem, der kæmper om kontrollen over Soul Catchers.«

»Hvem er de egentlig, og hvordan kan vi stoppe dem? Med ›vi‹ mener jeg os, De Tre. For Eriel og Raphael holder Rosalie fanget, og tiden rinder ud. De gav os kun 24 timer til at vende tilbage til dem.«

»Shhh,« sagde Hadz. ›De har en ekstraordinær hørelse, og vinden kan bære vores stemmer tilbage til dem i hvisken. Fra nu af taler vi kun med vores tanker.«

E-Z spurgte med sine tanker: ‹Hvad sker der, hvis de ved, vi er her? Kan de ikke se os?«

»Hadz og jeg er ikke mennesker, så vi er uden for deres radar. Det er du dog ikke, og derfor har vi beskyttet dig.«

»Fantastisk! Der er et usynligt beskyttende skjold omkring mig – det er nyttig information for mig at vide.«

I det fjerne kunne han se de sorte bjerge. »Jeg vil vædde på, at når solen bager varmen ind i de bjerge, kan man stege et æg på dem.« Han tøvede: »Hvad med den fugl, der sked på mig? Kunne de onde have sendt den ud for at lede efter os?«

Hadz og Reiki rystede på hovedet. «Vi så fuglen. Det var en ravn – kendt for at være budbringer fra himlen.«

»Okay, det er fair nok. Jeg syntes ikke, den lignede en ravn. Fortæl mig, hvad det er, der har kapret sjælefangere, og hvad vi skal gøre for at besejre dem.« Han tøvede: «Og hvad det har at gøre med reinkarnationen som en lille dreng af Charles Dickens.« Han tøvede igen. »Og får Lia transport? Kommer enhjørningen Little Dorrit tilbage, hvis/når vi går med til at hjælpe jer?« Det var meget snak. Han var tørstig og ønskede, at han havde taget en flaske vand med.

POP.

Der dukkede en op. Han drak den og sagde »tak« til ingen.

Reiki spurgte: »Har du nogensinde hørt om Erinyes?«

E-Z rystede på hovedet.

»Også kendt som Furierne,» sagde Hadz.

»Jeg har ingen anelse om, hvad det er... men jeg har en vag erindring om noget fra et spil måske?«

»De er samlet kendt som hævngudinderne.«

»Fortæl mig mere. Hvem tager de hævn over?«

»Hele menneskeheden!« udbrød Hadz.

»Mine venner og jeg talte om det tidligere. De fleste mennesker kender ikke til sjælefangere. De fleste tror, at vi har sjæle. Sjæle, der kommer i enten himlen eller helvede – afhængigt af de valg, vi træffer i vores liv.«

»Ja, det ved vi godt,» sagde Hadz.

»Så fortæl mig,« spurgte E-Z. »Hvor er Gud i alt dette? Gud eller Jesus, Allah, Buddha... hvad du nu kalder ham. Hvor er han?«

Hadz og Reiki stirrede frem for sig uden at svare.

»Okay, jeg forstår, at I ikke kan svare på det spørgsmål. Svar mig i stedet på dette: Hvorfor straffer gudinderne mennesker med noget, de ikke engang er klar over? Jeg forstår, at de er onde, men det lyder alligevel latterligt.«

»Børnene,« sagde Hadz.

»De straffer de ustraffede. Men...«

»Ah, jeg ventede på et men... Fortsæt.«

»Furierne misbruger deres kræfter. De overskrider grænserne. De går efter uskyldige. Uskyldige børn, der leger en leg.«

»Vent, mener du, at børn, der leger, bliver straffet for ting, de gør i legen? Men leg er ikke virkeligt! Hvordan kan de blive straffet i det virkelige liv for noget, der ikke er virkeligt?«

»Det ved jeg, og det ved du, men for Furierne er det det samme. Hvis man i et spil dræber nogen, gennemgår man den samme tankeproces som en morder. Det indebærer at planlægge det med intention om at dræbe og derefter gennemføre det. I nogle tilfælde er der tale om massemord. Og ja, det er uskyldigt, og de bliver bedt om at gøre disse ting for at komme videre i spillet. For Furies er børnene ustraffede, og de er lovligt bytte, når de er i spillet.«

»Vent lidt!« udbrød E-Z. «Hvad er det egentlig, du siger? Jeg tror, jeg forstår det i store træk, hvordan

Soul Catchers passer ind, men tanken er så ond... Jeg vil ikke engang tænke på det, endsige sige det.«

»Furies tager hævn over spillere. Dem, der har syndet i deres hjerter,« sagde Reiki. ›De er ikke bestemt til at dø! Deres Soul Catchers er ikke klar til at modtage deres sjæle, og derfor...«

»De har ingen steder at tage hen,‹ sagde Hadz.

»Og Furies samler dem her ved at skabe deres egen stamme af sjæle. De opbevarer børnenes sjæle i stjålne Soul Catchers.«

»Det skaber kaos,» sagde Hadz.

»Så I børn må hjælpe.«

»Vent lige lidt!« sagde E-Z. »Vent nu lige lidt!«

# KAPITEL 25
## FIRE ØJNE

»Åh, åh,« råbte Hadz, da en mørk sky bevægede sig hurtigt hen over himlen og kom i deres retning.

»De kan ikke have trængt igennem beskyttelsesskjoldet!« udbrød Reiki.

E-Z kiggede over skulderen. Det, han så, var noget sort, som ikke var en sky. For det var slangelignende. Med en spaltet tunge, der slikkede luften. I stedet for to øjne havde det adskillige øjne. For mange til at tælle. Hvert øje dryppede af blod. Blod og dampende gul pus.

Tungen på væsenet bevægede sig fra højre til venstre. Den lavede en piskende lyd, mens kæberne smækkede op og i. Og fra dens hals kom en knurrende lyd, der vekslede mellem en skrigende og en summende lyd.

Med vinden i ryggen fyldte en modbydelig stank luften og nåede snart E-Z, Hadz og Reikis næsebor.

Lugten var modbydelig. Værre end svovl. Eller rådne æg. Mere ulækkert end septisk væske og rådnende lig tilsammen.

Trioen bevægede sig højere op, så de kunne se forbi en højderyg, de ikke havde bemærket før. Bag den stod der sølvfarvede beholdere. Sjælefangere. Så langt øjet kunne se.

»Så mange! Er de alle fyldt med børn? Åh nej!» sagde E-Z med en nasal tone, da han stadig holdt sig for næsen. Selvom han stadig kunne lugte stanken.

PTOOEY.

De undveg en sprøjt af klæbrig, gul pus.

»Hvad i alverden er det?« udbrød E-Z.

Nedenfor kunne man se et kæmpe øje. Det havde været lukket. Forklædt.

PTOOEY. PTOOEY. PTOOEY.

»Åh nej!» udbrød E-Z. ›Øjenbæer!«

Det skød mod dem og affyrede sin varme, klæbrige væske.

»Hold fast!‹ råbte Hadz og Reiki.

De greb hver fat i et af E-Z's ører.

»Ahhhhh!« skreg han.

PTOOEY.

E-Z undveg den øjenbæ, men den ramte næsten hans kørestol.

FIZZLE.

POP.

POP.

E-Z var tilbage i sin seng igen. Svedperler dryppede ned ad hans pande.

Imens fortsatte Alfred med at snorke i enden af sengen.

»Det var lidt for tæt på!« sagde E-Z. «Gennembrød de beskyttelsesskærmen? Så de os? Ved de, hvem jeg er, hvor jeg bor?«

»Nej, vi kom væk, før de kunne komme igennem,» sagde Reiki.

»Måske er det et dumt spørgsmål, men hvorfor poppede I os ikke bare ind og ud derfra i første omgang? I stedet for at bruge tid på at flyve hele vejen derhen – og sætte vores liv i fare?«

»Vi var nødt til at vise jer det.«

»Før kampen... Hvad kalder man det...«

»Mener du rekognoscering?« spurgte E-Z.

»Ja, det er rigtigt. Vi var nødt til at vise jer det. I var nødt til at se det med jeres egne øjne. Det hele. Hvad I er oppe imod,« sagde Hadz.

»Vi tænkte, at det, I ville lære, ville være risikoen værd.«

»Det må tiden vise,« sagde E-Z.

»Undskyld, hvis vi gik for langt,« sagde Hadz.

»Vi havde virkelig jeres bedste i tankerne.«

»Det ved jeg godt. Og jeg er glad for, at jeg så Soul Catchers. Hvor mange der var – det chokerede mig virkelig.«

»Ja, det chokerede os også. Og du kan være sikker på, at det også chokerede ærkeenglene, da de først så det.«

»Det skulle du ikke have sagt,» sagde Reiki.

POP.

Hadz forsvandt.

»Åh, det er okay,« sagde E-Z.

»Det gør ikke noget.«

»Jeg kan stadig ikke finde ud af, hvad Furies får ud af det her? Hvad er deres endelige mål? Er der nogen, der har fundet ud af det endnu?«

»De tilføjer flere hver eneste dag. Flere børn, der spiller spil og bliver suget ind i deres net.«

»Men hvorfor er der ikke offentlig opstandelse? Burde vi ikke fortælle verdens ledere, præsidenter, premierministre? Er der ikke noget, de kan gøre?«

»Tænk over det, hvad ville de gøre først? De ville sende hæren ind. Flere mennesker ville dø. Der ville være brug for flere Soul Catchers før tid.

»Spil er, efter hvad vi har observeret, et verdensomspændende fænomen. De onde søstre tager sjæle fra intetanende børn.«

»Men de fleste af lederne har selv børn,« sagde E-Z. ›Hvis de vidste det, ville de da helt sikkert ønske at beskytte deres børn og også andre børn.«

»Det er mere sandsynligt, at Furies ville gå efter deres børn. Det ville være som at vifte med en pind foran dem,‹ sagde Reiki.

POP.

Hadz var tilbage.

»De ville elske at kunne ødelægge de store og magtfulde børn. Lige nu ser det ud til, at de vælger tilfældigt inden for spillet,» sagde Reiki.

»Fortæl mig mere om, hvad du ved om dem,« bad E-Z.

Hadz hviskede: »De hedder Allie, Meg og Tisi. Allie er drevet af vrede, Meg af jalousi, og Tisi er kendt som hævneren.«

»Okay, så hvorfor lugter de så dårligt? Og hvordan kan de tre besejres?« spurgte E-Z og kiggede på sit ur. Klokken var lige blevet 8. Han skulle tale med resten af banden for at få Rosalie tilbage. Hvordan skulle han fortælle dem om dette forfærdelige trio og alle børnene i Soul Catchers?

»Legenden siger, at de blev straffet for at have gjort deres arbejde i fortiden. Nu har de fundet dette smuthul med Virtual Reality, en ny menneskelig opfindelse.« Hadz tøvede. ›Hvorfor vil mennesker aldrig leve deres liv i nuet? Hvorfor skal de flygte og spille dumme spil, der bringer deres liv i fare?‹ Den vordende engel var rød i ansigtet og meget vred.

Reiki forsøgte at trøste sin ven og sagde: »De ved ikke, hvad de gør.«

»Uvidenhed er ingen undskyldning,« sagde E-Z. »Vi må sende dem tilbage til det sted, hvor de var, før VR blev opfundet. Og vi må få dem til at returnere de sjæle, de har taget under falske forudsætninger. Det eneste problem er, HVORDAN skal vi overbevise dem om, at de gør noget forkert? At de stjæler liv og straffer mennesker for tanker, ikke handlinger?

»Nu hvor jeg har fået et glimt af Furierne, ved jeg, at vi skal hjælpe dig mere end nogensinde. Men jeg skal stadig overbevise de andre. Selv hvis de er enige, kæmper vi stadig mod alle odds. Jeg vil være positiv. Lad os sige, at vi er klar til opgaven. Men vi ved det ikke med sikkerhed, før det er tid til at kæmpe.«

Han slog på sin pude og holdt den på skødet. »Vent lidt, døde de? Jeg mener, undslap The Furies deres egne Soul Catchers? Og hvis de gjorde, hvordan? Hvem hjalp dem med at slippe ud?«

Hadz kiggede på Reiki, og Reiki kiggede på Hadz.

POP.

POP.

De var væk.

»Fantastisk!« sagde E-Z. »Helt fantastisk!«

# KAPITEL 26
## BALANCE

Selvom han forsøgte at sove, kunne E-Z ikke. Han blev ved med at stille sig selv spørgsmål. Spørgsmål, han ikke kunne besvare.

Så han stod op, tændte sin computer og begyndte at grave lidt.

Det varede ikke længe, før han fandt guld. Han fandt et link til The Furies and the Three Graces. De virkede som hinandens yin og yang. Den ene god, den anden ond. Han spekulerede på, om de kunne bruge denne information til deres fordel. Hvis onde gudinder kunne bringes til jorden, kunne gode gudinder så også kaldes tilbage?

Først ville han foreslå ærkeenglene at bringe dem tilbage – forudsat at de kunne gøre det. Han ville vide præcis, hvad The Graces kunne bidrage med.

Ja, de var gudinder. Døtre af Zeus, der var himmelguden. Deres kræfter var rettet mod charme, skønhed og kreativitet. Han læste videre, men kunne ikke se, hvordan de kunne være til megen hjælp mod furierne.

Men han havde tid, så han fortsatte med at læse. Han læste noget, der var tilskrevet Nietzsche. Hans teorier om godt og ondt blev stadig diskuteret og debatteret i fora.

Så dukkede en erindring op i hans hoved. Det skete sjældnere og sjældnere, at minder om hans forældre kom tilbage til ham. Han håbede, at de aldrig ville stoppe.

Denne var en samtale med hans far. Om Newtons tredje lov. De var taget ud at sejle og fiske.

»Det er sådan, en fisk bevæger sig gennem vandet,« forklarede hans far.

Siden da havde han lært mere om det i skolen. Han tænkte, at Newton og Nietzsche ville have haft nogle ret interessante samtaler. Men deres liv lå tusinder af år fra hinanden.

Så gik det op for ham. Han, Lia og Alfred var det diametrale modsatte af Furierne.

Vidste ærkeenglene det allerede? Var det derfor, de virkede så insisterende på, at kun han og hans team kunne besejre Furierne?

Spørgsmålet, der stadig kredsede i hans hoved, var dog stadig: Kunne de vinde?

Var det overhovedet muligt at stoppe The Furies?

Han måtte tale med de andre om det.

Han slukkede computeren og gik tilbage for at få lidt søvn, inden de andre vågnede.

Alle forventede, at han havde alle svarene. Det havde han ikke, men han gjorde sit bedste. Siden han blev leder, havde livet været sådan.

# KAPITEL 27
## RØDT VÆRELSE

E-Z befandt sig i et rødt værelse. Et værelse, der lugtede af blod. Den stærke lugt af jern sved i hans næse, og han dækkede den med hånden og gik et par skridt fremad. Hans fodtrin efterlod mærker på det blodige gulv. Hvor var han? I helvede? I det mindste kunne han løbe herinde, men hvorhen? Der var ingen døre. Ingen vinduer. Intet lys af nogen art, og alligevel kunne han se, at alt var rødt. Og vådt.

Han tog sin telefon frem og klikkede på lommelygteappen. Med lommelygten fulgte han væggene omkring sig. De var alle ens. Blodige og dryppende. Og stinkende. Han ventede. At råbe om hjælp virkede ikke som en smart idé. Det var måske bedre, at det, der havde bragt ham hertil, ikke kom efter ham. Han ville helst ikke møde dem.

Lommelygten slukkede, og hans telefon døde. Af frygt for at bevæge sig stod han helt stille og lyttede.

Noget kravlede. Det gled hen over gulvet. Et kom ned ad væggen til højre og et andet til venstre. Tre. Slanger.

Så skiftede luften i rummet, og en bekendt lugt bredte sig. Rådden. Ægget. Svovlholdig. Rådnende kadaver.

Han holdt sig for næsen. Som før kunne det ikke dække den modbydelige stank.

Han ventede.

Så de ville have ham alene. De havde ham. Han ville sørge for, at de kom til at fortryde det, om det var det sidste, han gjorde.

»Vi kunne spise dig til morgenmad,« skreg Tisi.

»Eller til frokost,» sagde Alli. ›Jeg er faktisk lidt sulten.«

»Eller til eftermiddagste, der er ikke meget af ham. Ikke til os tre,‹ sagde Meg.

E-Z koncentrerede alle sine kræfter om sine vinger. De var hans eneste håb om at undslippe, og de var ubrugelige.

»Se!« skreg Meg. »Han prøver at bruge sine små vinger.«

Tisi og Alli løftede sig. Meg sluttede sig til dem, mens de svævede lige uden for hans rækkevidde.

Under hans fødder skælvede og rumlede gulvet. Som om det ville åbne sig og sluge ham. Han trak sig tilbage for at støtte sig mod væggen. Men da han rørte den, føltes hans skjorte våd. Og da han lagde hånden på den, var den dækket af blod.

»Jeg er ikke bange for jer tre kællinger!« råbte han.

»Måske er du ikke bange for os – endnu –» skreg Meg.

»Men det bliver du meget snart,« hvæsede Tisi.

»For nu kan du klare disse tre,« hviskede Meg, hendes modbydelige ånde fik ham næsten til at kaste op.

De tre slanger udnyttede deres højde og sprang mod ham. Deres spaltede tunger hvæsede og spyttede. Så begyndte de at vikle sig omkring hinanden. De forenede sig og viklede sig sammen. Indtil de blev til én kæmpe slange med tre hoveder og tre piske. Piske, der smældede i E-Z's retning for at holde ham på plads.

Han skubbede sig længere tilbage. Lyden af det spruttende blod bag ham gav ham på en eller anden måde trøst. Hans krop slappede af, da hans ryg sank ned i hjørnet mod den blodige, dryppende væg.

»Se på ham,« sagde Tisi. ›Han er bare en dreng og har ikke gjort nogen noget. Faktisk er han så god, at det er en skam, vi skal ødelægge ham.«

»Ja, hans hjerte er rent,‹ sagde Meg. «Men han har en sort plet på hjertet. En plet af hævn, som han gerne vil hævne over dem, der er ansvarlige for hans forældres død.«

»Tal ikke om mine forældre!« råbte E-Z og pressede sig længere ind mod den blodige væg. Han var bange. Bange for, at det, de sagde, var sandt. Han lukkede øjnene. Hvis han ikke kunne se dem, ville de måske gå væk. Så gav noget bag ham efter. Og han faldt frit baglæns. Han tumlede. Han faldt.

BUM

Han landede i sin kørestol, og så fløj de af sted.

Tilbage i det røde rum var furierne rasende!

»Efter ham!» råbte Tisi.

»Fang ham!« skreg Meg.

»Det er for sent!« sagde Alli. ›Det er som om han er forsvundet!«

»Lad os tage tilbage til Death Valley,‹ sagde Meg. De gik og efterlod det røde rum tomt. Men deres stank hang stadig i luften.

BUM.

»Du bløder,» sagde Sam. ›Lad os få ham ind på badeværelset. Så kan vi se, hvor slemt han er kommet.‹ Sam skubbede kørestolen mod døren.

»Nej, stop!« sagde E-Z. »Jeg er okay. Det er ikke mit blod. Men jeg skal vaskes. For at få lugten af mig. Så forklarer jeg, hvad der skete. Det lover jeg.«

»Så længe du er sikker på, at du er okay,« sagde Sam.

Efter at han var gået, kunne Sam, Lia og Alfred ikke finde på noget at sige til hinanden. De ventede i stilhed på, at han kom tilbage.

I badeværelset placerede E-Z sin kørestol på rampen. Da de renoverede huset, opfandt onkel Sam en ny bruser til ham. Den gav ham mere uafhængighed. Og det var sjovt! Ligesom en bilvask.

Han rakte op og stak armene og nakken gennem stropperne. Han trykkede på en knap, så han bevægede sig fremad, og hans kørestol fulgte efter. Straks begyndte vandet at løbe. Det vaskede hans krop og tøj på samme tid. Nu og da sprøjtede der showergel eller shampoo ud, efterfulgt af vand, der skyllede det væk.

Nu hvor han var ren, fortsatte han med at bevæge sig fremad og tændte for tørremekanismen. Den tørrede ham og hans tøj og gjorde det krølfrit på få minutter.

Da han nåede frem, tog han sig ud af stropperne og satte sig ned i sin stol. Han kiggede sig i spejlet. Hans hår så allerede så godt ud, at han ikke engang behøvede at rede det. Han gik tilbage til sit værelse. Da han så sine venner, vendte det sig i maven på ham, og han kastede op.

»Undskyld,« sagde han. «Undskyld.«

Lia og Alfred kastede armene om ham. De bekymrede sig ikke om opkastet. Hengivne venner bekymrer sig ikke om den slags.

Sam hentede en skål og noget vand for at gøre sin nevø ren.

E-Z var taknemmelig for hjælpen, og det gav ham tid til at tænke over, hvad han ville sige, og hvordan han ville sige det.

»Tak, onkel Sam. Øh, det jeg skal fortælle jer. Det er ikke rart.«

»Fortsæt,» sagde Alfred.

»Vi er her for dig,« sagde Lia.

»Sæt dig ned, onkel Sam.«

De lyttede til alt uden at sige et ord.

»Jeg er med,» sagde Alfred.

»Også mig,« sagde Lia.

»Også mig,« sagde Sam.

»Enig,« sagde E-Z. Og et øjeblik senere var han på vej tilbage til det hvide rum. Eller det var i hvert fald, hvor han håbede, han var på vej hen.

Hvor som helst var bedre end det røde rum. Hvor som helst.

# KAPITEL 28
## HVIDT VÆRELSE

Det hvide rum virkede på en eller anden måde anderledes, da hans fødder rørte jorden.

E-Z var så glad for at være tilbage i det trygge hvide rum. Her kunne han gå rundt. Røre ved bøgerne. Lugte til bøgerne. Men noget føltes mærkeligt. Forkert.

Han samlede sig. Han bemærkede, at hans hænder rystede. Hans knæ skælvede. Nu klaprede hans tænder.

Han slog armene om sig selv og ønskede, at han havde taget sin jakke med. Han ventede og forventede, at der ville komme en. Det gjorde der ikke.

»Hvad er dette for et sted?« spurgte han.

Intet svar.

»Cheeseburger med pommes frites,« sagde han.

Intet.

»Chop suey med forårsrulle,» sagde han med mere autoritet.

»Jeg kræver at få at vide, hvor jeg er!« råbte han.

Intet.

Nadda.

»Rosalie?« råbte han. «Er du der? Eriel? Raphael? Er der nogen? Hadz? Reiki?«

Igen intet.

Ikke engang et høfligt PFFT for at få ham til at slappe af.

De velkendte bøger var det eneste, der holdt ham fast på dette sted. Han gik hen til stigen og flyttede den under D'erne. I forventning om at finde Charles Dickens begyndte han at klatre op. I stedet opdagede han, at alle de bøger, han rørte ved, havde noget med spil at gøre.

Hvad i alverden?

Og ingen af bøgerne havde vinger. De var alle helt nye. Som om ingen havde åbnet dem før.

Han faldt næsten ned ad stigen, da en stemme sagde

»E-Z Dickens – dette er ikke det hvide rum, du kender. Det er en kopi. Du er blevet sendt hertil for at forske. Alle de bøger, du har brug for, er lige ved hånden. Hver eneste bog skal læses og gennemgås i sin helhed.«

»Jeg kan ikke læse alle disse bøger hurtigt; det ville tage mig år at komme igennem dem alle!«

»Derfor får du en ekstra evne. En evne, der kun vil komme til udtryk inden for dette rums vægge. Læs nu. Hurtigt. Rasende. Husk det hele.«

Da stemmen tav, begyndte en anden:

»Ti, ni, otte, syv, seks, fem, fire, tre, to, en. Læs nu, E-Z Dickens. Kom i gang.«

E-Z fløj gennem hver eneste bog.

Når han var færdig med en, faldt den næste straks i hans hænder. Så endnu en og endnu en.

Han læste dem alle, indtil han ikke kunne læse mere.

Han håbede, at hans hoved ikke ville eksplodere!

Så faldt han mod væggen, rykkede sig ind i et hjørne og græd, mens en plan tog form i hans sind.

Ideen kom til ham, da han tænkte på PJ og Arden. Hvorfor havde The Furies sat dem i koma i stedet for Soul Catchers? De var med i spillet – de spillede spil hele tiden, hvorfor ikke dræbe dem?

Planen var som følger: Han og hans team ville opfinde deres eget multiplayer-spil. Sam kendte folk, der kunne hjælpe i branchen. Når The Furies kom for at hente deres sjæle, ville de besejre dem.

Han ønskede, at Arden og PJ var der for at spille med ham – for de ville beskytte ham. Det var okay, han beskyttede dem. Han ville redde dem og befri dem.

Han gik frem og tilbage og tænkte det hele igennem. Der var én ting, der ikke ville fungere. Hvis han involverede ham i et spil og nægtede at dræbe, ville de opdage ham. Og det kunne bringe andre i fare.

Han kunne jo ikke bede alle spillere i verden om at holde op med at spille. Hvis han fortalte dem sandheden om de tre gudinder, der forsøgte at stjæle deres sjæle, ville de spærre ham inde.

Alligevel var det den eneste idé. Den eneste klare vej, han kunne se til at besejre furierne i deres eget spil.

Resigneret over, at han ikke kunne finde på noget bedre, sagde han: »Få mig ud herfra.«

Og lige så pludseligt var han alene i det virkelige hvide rum med Rosalie og Raphael. Han spekulerede på, hvor Eriel var, ikke fordi han savnede ham.

»Okay, jeg har en idé. En slags plan,« sagde han. ›Men jeg er ikke sikker på, om den vil virke. Jeg har brug for svar på to spørgsmål. Og jeg har en anmodning om et tredje – anmodningen er ikke til forhandling.«

»Spørg bare,‹ sagde Raphael.

»For det første, vil jeg være i stand til at redde mine bedste venner PJ og Arden, hvis vi møder Furierne?«

Raphael tøvede, før hun svarede. »Hvis du lykkes, er der ingen grund til, at dine venner ikke skulle blive reddet.«

»Lover du det?« sagde han.

Det gjorde hun.

»Som jeg formodede, skyldes deres tilstand Furierne. Er det rigtigt?«

»Ja, vi tror, det er sandt. Dine venner er på en måde heldige, fordi deres sjæle er intakte. Det, vi ikke kan finde ud af, er hvorfor, hvis de blev udset af Furies. I alle andre tilfælde, vi kender til, har de taget børns sjæle. Vi kender ingen andre som dine venner, der er i live i koma.«

»Det har jeg også en idé om, men hvad jeg har brug for at vide, er, hvad der vil ske med PJ og Arden, hvis Furies bliver besejret? Hvad vil der ske med alle de børn, hvis sjæle allerede er i sjælefangere? De skulle ikke dø. Og hvad vil der ske med de hjemløse sjæle?«

»Lige nu bruger Furierne internettets magt. Det giver dem adgang til hjerterne og hjemmene hos alle mennesker på planeten. Det er som om I alle har ladet jeres døre og vinduer stå åbne, så alle kan komme ind. Det er sandt, at der kun er tre Furier, men deres kræfter er store. De er mytiske væsner, gudinder, hvis oprindelse går tilbage til Zeus. Du har hørt om Zeus, ikke?«

»Jeg har læst, at han var himmelguden og far til De Tre Gracer. Ville de kunne hjælpe os, hvis du bragte dem tilbage?«

»Zeus er ikke involveret i dette. Det er hans døtre heller ikke. Vi ærkeengle leger ikke med tiden. Og vi har altid troet, at sjælefangere var hellige. Uantastelige. Indtil nu.«

»Fint, så du tror, at mine venner er blevet udset af Furierne, men du er ikke helt sikker. Ikke mere end jeg er, vel?«

»Korrekt. Det er fordi, jeg ikke kan sige ja eller nej med hundrede procent sikkerhed. Hvis dine venner spillede spil. Jeg mener, dræbte inden for spillene... Så ville de opfylde Furiernes kriterier.

»Men hvis de ville have dem døde, ville de allerede være døde. Medmindre... nej, det giver ikke mening.

Det ville betyde, at de kender til dig og dit team. Det er umuligt, at de kan vide det. Vi har holdt det hemmeligt. Hvis de vidste det, ville de holde dine venner i live, hvis de havde brug for dem som pressionsmiddel.«

»Mener du som forhandlingskort?«

»Muligvis, for at være ærlig ved jeg det ikke. Som jeg sagde, har vi holdt alt om dig og dit team hemmeligt. Vi, inklusive mig selv og de andre ærkeengle, vil gøre alt for at beskytte dig.

»Furies har fået tildelt kræfter gennem århundreder. Men de har aldrig gået efter uskyldige børn. De har aldrig ændret deres agenda for at passe deres egne formål.«

»Hvad er deres formål?« spurgte E-Z.

»Det ved vi ikke.«

E-Z sagde: »Derfor skal vi have de bedste chancer for at vinde over dem.«

»Præcis, men hver dag stjæler de flere børns sjæle, og de fremskynder processen.«

»Fremskynder med hvor meget?« spurgte E-Z.

»I tusindvis, tror vi, men snart vil det være i millionvis. Snart vil det være for sent at stoppe dem.«

»Okay, jeg forstår, hvad der er på spil her, men vi er kun børn, og vi vil ikke gå ind i det blindt. Vi er dødelige, og det er de også. Vi må tænke os om og overveje alle muligheder, før vi risikerer vores liv.«

»Vi forstår det, og som jeg sagde, vil vi bakke jer op.«

»Nu til mit næste spørgsmål: Jeg vil gerne vide, hvad jeg skal gøre med en tiårig Charles Dickens?«

»Åh, det,« sagde Raphael. «Først og fremmest havde vi intet at gøre med hans reinkarnation. Vi har en teori ud over den, vi har fortalt dig, nemlig at du tilkaldte ham. Vi spekulerer på, om hans tilbagevenden var en fejl fra deres side. Måske åbnede universet sig og sendte ham for at hjælpe dig, som en form for ligevægt. Han er trods alt en slægtning. Og han er en historiefortæller og en mester i at skabe spænding. Han har måske redskaber og indsigt, du endnu ikke kender til, som kan hjælpe dig med at besejre furierne.«

E-Z valgte sine ord med omhu. »Men han er et barn. Han har ikke skrevet en eneste ting endnu. Han vil være en distraktion, og han kommer fra en anden tid og kan bringe os og vores mission i fare.«

»Det kommer an på,« sagde Raphael. ›Han kan være et hemmeligt våben. Han er her for dig. Hvis du tror på ham. At han er født til at være forfatter. Så vil han allerede som tiårig have alle de nødvendige evner. Brug ham til din fordel, hvis du vælger at gøre det.«

E-Z knyttede næverne. ‹Siger du, at vi skal bruge min fætter som lokkemad?«

Raphael lo og flagrede rundt, hvilket skabte en unødvendig brise.

»Det ville hjælpe, hvis du holdt op med at flagre så meget,« sagde Rosalie. «Jeg har flere lag trøjer på, men jeg kan stadig ikke få varmen herinde. Jeg vil gerne hjem nu, forresten. E-Z og de andre er enige, så jeg har gjort min del. Nu må I se at komme af sted. Farvel. Lad mig komme hjem.«

BINGO.

Rosalie forsvandt og landede tilbage i sit værelse. Hun talte med Lia i tankerne og fortalte hende, at hun var vendt tilbage uskadt og nu ville tage en lur.

E-Z kom i tanke om endnu et ufravigeligt krav.

»Jeg vil have Hadz og Reiki med på vores hold.«

Raphael smilede. »Hadz og Reiki er bundet til Eriel af vores leder Michael.«

»Lad mig tale med ham. De to har hjulpet os. De kommer, når jeg kalder. Hvis vi skal kæmpe mod det gamle onde, har vi brug for dem på vores side til at hjælpe os.«

»Michael kan ikke tale med dig. Men jeg vil videregive din anmodning. Hvis han finder det nødvendigt, vil han give mig besked, og jeg vil give dig besked. Er der andet?«

»Ja. Jeg skal vide, hvordan vi kan slippe af med Furierne. Skal vi dræbe dem? Sende dem tilbage til det sted, de kom fra? Hvad er det præcis, du beder os gøre med disse gudinder?«

»Bind dem, hold dem fast – så klarer vi resten. Hvis din plan virker, bør vi kunne overtage kontrollen med Sjælefangere. Vi vil nulstille alt, så det bliver, som det var før.«

»Hvad med dem, der døde for tidligt?«

»Alle vil blive udlignet... når fjenderne er blevet neutraliseret.«

»Før du sender mig tilbage,« sagde E-Z, «har jeg brug for noget, en forsikring om, at du ikke vil forråde os igen. At give os Hadz og Reiki skulle være den forsikring, men da du ikke kan give mig det, har jeg brug for noget andet. Noget, jeg kan tage med tilbage til de andre og sige, at dette er beviset på, at de ikke vil svigte os, som de har gjort tidligere.«

»Som hvad?«

»Dine briller burde være nok,« sagde han.

Raphael faldt på knæ, hendes vinger holdt op med at baske og trak sig tilbage. ›Ikke det, alt andet end det,‹ græd hun. «Uden mine briller kan jeg ikke hjælpe dig eller nogen anden.«

»Ærkeenglene har holdt Rosalie her mod hendes vilje. Brugt hende til at nå mig. I har ændret mening om de løfter, I gav, aflyst mine prøver...«

Hun rørte ved brillernes stel og tog dem af. I hendes hænder forvandlede brillerne sig til en slange, en rød slange, der kravlede op ad E-Z's arm og snoede sig op, op, op.

»Hvad i alverden!« råbte E-Z, mens slangen fortsatte op ad hans hals. Over kanten af hans hage. Den gled over hans tæt lukkede læber. Op og over hans næse. Så delte den sig i to og snoede den ene ende omkring hvert af hans ører. Derefter vendte den tilbage til sin oprindelige form som et par pulserende briller.

»Mine briller er dine nu, uanset hvad du gør – lad ikke Furies få fat i dem. Hvis det sker, vil vi alle blive ødelagt.«

»Vent!« sagde stemmen fra væggen. «Hvad hvis I fejler? I er jo kun børn.«

»Jeg kan ikke love succes – men vi vil give alt, hvad vi har. Men det ville være godt at vide, at hvis vi har brug for din hjælp, vil du bruge dine kræfter til at hjælpe os.«

»Aftale,« drønede stemmen.

E-Z var tilbage i sin kørestol i sit værelse med de røde briller, der pulserede på hans ansigt.

»Du må holde op med det,« sagde onkel Sam, der var i gang med at rede sin nevøs seng. «Før jeg glemmer det, Sam og jeg besøgte PJ og Arden i dag, mens vi var til kontrol på hospitalet. Vi mødte PJ's far, og han gav os en opdatering. De deler nu et hospitalværelse, men ingen af deres tilstand har ændret sig.«

»Tak, jeg ville lige ringe til dem. Okay, alle sammen, kom her.«

# KAPITEL 29

## HVAD NU?

» Dskal jeg blive?« Sam tøvede. ›Min kone venter på, at jeg masserer hendes fødder. Babyen kan komme når som helst, så jeg kan ikke lade hende vente.«

»Gå bare hen og pas på hende,‹ sagde E-Z. ›Jeg fortæller dig detaljerne senere.«

Lia gav Sam et kram.

»Tak,‹ sagde Sam, mens han lukkede døren bag sig. Dørklokken ringede.

»Jeg tager den!» råbte Sam, mens han løb mod hoveddøren.

»Han har meget at se til,« sagde E-Z.

»Det bliver lettere, når babyen kommer,» sagde Lia.

»Det bliver mere kaotisk,« sagde Alfred. »Men det skal vi ikke bekymre os om nu.«

»Nå, hvad er det seneste?« spurgte Lia.

»Start med det positive, hvis der er noget. Jeg håber virkelig, der er noget,« sagde Alfred.

»Den gode nyhed er, at jeg har en idé. Den triste nyhed er, at jeg ikke har nogen anelse om, om den vil virke mod vores fjender. De er kendt som The Furies. Har I hørt om dem? Jeg kendte navnet fra mytologien, og de er med i nogle spil.«

Lia rystede på hovedet.

Alfred sagde: »Jeg har hørt om dem, men det er længe siden. Jeg tror, vi læste om dem i gymnasiet, dengang. Jeg kan huske, at de var onde – måske var der tre af dem? Og er de ikke gudinder? Jeg har et billede af Medusa i mit hoved. Var de i familie?«

»De er værre. Meget værre, fordi der er tre af dem,« sagde E-Z. «Da jeg kastede op, var det lige efter mit andet møde med dem. Det første møde var på en tur med Hadz og Reiki. Det var det, de kaldte en lille rekognoscering. Bare rolig, vi var camouflerede, men jeg lærte en masse. De har oprettet hovedkvarter i Death Valley.

»Som vi havde mistanke om, er deres mål børn. I spilverdenen. Lia, du spurgte, hvad deres formål var... Det er at skubbe børn ud over kanten. Børn på vores alder og endnu yngre.

»Når de først har fanget dem, stjæler de deres sjæle. Og de lægger dem i Soul Catchers, der er beregnet til andre mennesker. Så når de dør, har deres sjæle ingen steder at tage hen.«

»Det er så ondt!« sagde Lia.

»Så når de rigtige ejere af Soul Catchers dør, hvad sker der så med deres sjæle? Jeg mener, hvis deres sjæle ikke har noget sted at tage hen – ingen hjem, ingen himmel – hvad sker der så med dem?« spurgte Alfred.

»Det er netop det. De har ingen evig hvilested – så når de dør, svæver de bare rundt. Det er i hvert fald den korte version. Og vi er nødt til at stoppe The Furies, og vi er nødt til at stoppe dem hurtigt.«

»Hvordan tager de børnenes sjæle? Det forstår jeg ikke,« spurgte Lia.

»Det gør jeg heller ikke,« sagde Alfred. »Børn, især børn der spiller computerspil, er meget dygtige til computere. Hvordan udsætter de sig selv for fare? Hvordan får Furies adgang til dem i deres egne hjem, lige for næsen af deres forældre?« Han tænkte et øjeblik: »Er de ansvarlige for, at PJ og Arden ligger i koma?«

»Okay, først Lias spørgsmål. Furies straffer dem, der ikke bliver straffet – det har altid været deres formål. Deres vigtigste våben har altid været anger. De får folk til at føle sig skyldige. Til at fortryde deres handlinger. Og når de gør det, tager de kontrollen. De driver dem til vanvid og får dem til at ødelægge sig selv.

»Jeg fortalte dig om den dreng, der kom til mit hus og forsøgte at skyde mig? Han sagde, at nogen i spillet havde sagt, at de ville dræbe hans familie, hvis han ikke dræbte mig. De fik ham til at gå efter mig på grund af handlinger, han udførte i spillet. Det tog mig et vink fra Eriel at se sammenhængen. Det virkede underligt på det tidspunkt, men det gik ikke op for mig med det samme.

»Sådan gør de det. En dreng spiller et spil, og for at komme videre i spillet skal han dræbe nogen eller endda begå massemord, eller, ja, du forstår nok. I den virkelige verden er disse ting synder og ulovlige, men i spillet er de en del af spillet. I de fleste spil er det det eneste formål.«

»Vent lige lidt,« sagde Alfred. ›Siger du, at de straffer børn i spillet, som om de begik mord i virkeligheden?«

»Det er rigtigt,‹ sagde E-Z. «Det er præcis, hvad de gør. De bruger spilindustrien til at retfærdiggøre – nej, det er ikke det rigtige ord. Jeg mener, til at tolerere deres handlinger, hvor de tager børnenes sjæle.«

Lia lukkede hænderne og knyttede dem til næver. Så brugte hun dem til at dække ørerne, som om hun ikke ville høre mere. »Du har helt ret, E-Z. Vi har ikke noget valg – vi må absolut stoppe de hekse. Jo før, jo bedre.«

»Jeg ved det,« sagde E-Z, ›men det bliver ikke let. De er gudinder, også kendt som Mørkets Døtre og Erinyes. Deres vigtigste formål er at straffe de onde, og inden for rammerne af et spil er alle onde. Det er den eneste måde at komme videre i spillet på.«

»Du sagde, du havde en plan. Hvad er den?‹ spurgte Alfred.

»Først vil jeg svare på dit spørgsmål om PJ og Arden. Min mavefornemmelse siger mig, at svaret er ja. Men jeg spurgte Raphael, om hun kunne bekræfte det. Hun sagde, at hun ikke kunne sige det med hundrede procent sikkerhed. For så vidt de vidste, havde Furies aldrig før ladet en sjæl slippe væk. For slet ikke at tale om to sjæle.

»Åh, der er en ting mere, jeg må fortælle dig. I Death Valley er der tusindvis af sjælefangere. Måske flere end tusind, og antallet vokser hver eneste dag. De er så langt øjet kan se.« Han standsede, som om hans hjerte sad i halsen, og tørrede en tåre væk.

»Det var svært at være vidne til det. Det, de gør, er så overlagt, bevidst. Det, jeg ikke kan forstå, er, hvad de får ud af det. Hadz og Reiki gjorde det rigtige ved at tage mig med derhen for at se det. Hvis de havde fortalt mig det uden at vise mig det, ville det ikke have ramt mig så hårdt. Åh, og Raphael siger, at de øger deres indtag dagligt. Så vi har ikke meget tid til at sidde og tænke. Vi har brug for en plan, og vi skal handle.«

»Er de dødelige?« spurgte Alfred.

»Ja, det er vi på samme niveau med,« sagde E-Z. »Så den plan, jeg kom på, var at lave vores eget spil. Onkel Sam kunne hjælpe. Når jeg spiller for at vise mine drab, kommer The Furies efter mig. Når de gør det, fanger vi dem og dræber dem i spillet.

»Jeg tænkte, at deres kræfter måske ville blive svagere i spillet. Men så kom jeg i tanke om, at mine måske også ville blive det.«

»Det ville vi ikke vide, før det var for sent,« sagde Alfred.

»Det er rigtigt. Jo mere jeg tænkte over det, jo mindre effektiv syntes ideen. For ikke at nævne, at hvis de har PJ og Arden fanget i limbo, indtil deres kontrol...

Ja, så kunne de tage deres sjæle. Og så ville vi miste dem.«

»Mener du, at det kunne være en fælde?« spurgte Lia.

»Præcis.«

»Du har givet os meget at tænke over,« sagde Alfred. »Jeg synes, vi skal sove på det, tænke over det og tale om det igen i morgen.«

»Jeg er ikke sikker på, at jeg kan sove,« sagde Lia, ›men jeg er enig, lad os tage en pause. Jeg har brug for tid til at tænke over, hvor stor fare vi vil bringe os selv i. Vi skal sikre os, at vi passer på hinanden.«

»Selvfølgelig,‹ sagde E-Z. «I mellemtiden vil jeg se, om jeg kan finde på en plan B.«

Lia forlod værelset og lukkede døren bag sig.

»Gad vide, hvem der var ved hoveddøren?« spurgte E-Z.

»Det kan vi spørge Sam om i morgen, han har sikkert stadig travlt med at pleje sin kones fødder.«

De lo. ›Det lyder som en god plan,‹ sagde E-Z. «Godnat, Alfred.«

»Godnat, E-Z.«

# KAPITEL 20
## OOH, BABY BABY

»Barnet kommer!« råbte Sam nogle timer senere.

På vej ned ad gangen holdt han Samantha i hånden. Over skulderen havde han en weekendtaske. Han greb bilnøglerne.

»Du kører ikke, skat,« sagde Samantha og lagde nøglerne tilbage på bordet.

E-Z kom ud i gangen. »Skal vi komme med?«

»Det er fint,« sagde Samantha. ›Lia sover stadig tungt.«

»Jeg vækker hende, så møder vi jer på hospitalet, okay?«

Lia kiggede over skulderen: ‹Jeg har allerede bestilt en taxi. Han kører ikke.«

Sam smilede: ›Hun bestemmer.«

»Vi ses snart,‹ sagde E-Z. «Hvem var det forresten, der var ved døren i går aftes?«

»Det var Rosalie. Hun var udmattet, så vi lagde hende i gæsteværelset.«

»Okay, tak,» sagde E-Z.

Mens han rullede ned ad gangen mod Lias værelse og spekulerede på, hvad Rosalie lavede der, bankede han på døren.

»Det er mig, Lia,« sagde han. »Din mor og onkel Sam er på vej til hospitalet. Babyen er på vej!«

Først var der et brag, så åbnede Lia døren. Lampen på hendes natbord lå på gulvet ved siden af sengen. »Jeg er klar om et øjeblik,« sagde hun. Hun lukkede døren.

Han gik videre til gæsteværelset. Han kiggede ind, og Sam havde ret, Rosalie sov tungt. Han vendte tilbage til sit værelse, klædte sig på og forsøgte ikke at vække Alfred. Svaner var ikke tilladt på hospitalet, så det ville være ondt at vække ham – han ville føle sig udenfor. Han skrev en seddel, hvor han skrev, at Rosalie sov i gæsteværelset, og at Alfred skulle passe på hende, indtil de kom tilbage. Han skrev, at hun skulle føle sig hjemme. Han lagde sedlen, så Alfred ikke ville overse den, når han vågnede.

E-Z lukkede døren bag sig og låste den, så satte han og Lia sig ind i den ventende taxa og kørte mod hospitalet.

De fulgte skiltene og fandt hurtigt børneafdelingen. Sam var der og gik frem og tilbage, som forventningsfulde fædre gør på tv.

»Hvordan går det?» spurgte E-Z.

»Hvordan har min mor det?« spurgte Lia.

»Tak, fordi I kom,« sagde Sam. Hans hånd rystede, da han forsøgte at drikke af en flaske vand. «Samantha har det rigtig godt. Hun har jo været igennem det før med dig, Lia, så hun ved, hvad hun kan forvente, og jeg... Jeg ved ikke, om jeg kan klare det. Det kursus, vi tog for at forberede os på i dag, var godt, men virkeligheden er noget helt andet. Jeg hader hospitaler.«

»Alle hader hospitaler,« sagde E-Z. ›Men når de kommer gennem de svingdøre og siger, at du skal komme... Så må du tage dig sammen og gå derind og hjælpe din kone. Husk, at I er et team, I er sammen om det her. Du kan godt!‹ Han klappede sin onkel på ryggen.

»Det ved jeg.«

Lia lagde hovedet på Sams skulder. «Du klarer det fint.«

En sygeplejerske kom ind. »Din kone har brug for dig. Det varer ikke længe nu. Jeg tager dig med ud, så du kan blive vasket, og så kan du være sammen med din kone, når vi tager hende ned.«

Sam nikkede og gik.

Det sidste blik på hans ansigt mindede E-Z om en person, der stod foran en eksekutionspeloton.

»Han klarer det fint,« sagde Lia og klappede E-Z på hånden.

Flere timer senere kom Sam tilbage med et stort smil på læben. »Jeg har fået endnu en datter,« sagde han, »og en søn!«

»To babyer?« sagde Lia og E-Z i kor.

»Ja, to. Vi så kun én på scanningen.«

»Hvordan har min mor det?«

»Hun har det fantastisk! Utroligt!«

»Må vi se hende? Og babyerne?«

»Giv dem et par minutter til at gøre klar. Så kan I møde jeres bror og søster, Lia, og E-Z, du kan møde dine fætre og kusiner.«

»Har I fundet ud af, hvad I vil kalde dem?» spurgte E-Z.

»Ja, men vi fortæller jer det sammen.«

»Det er fair,« sagde E-Z.

»To babyer i det hus – med alle de andre,« sagde Lia.

»Det tænkte jeg også. Vi har allerede fuldt hus... men vi klarer det. Det gør vi altid.«

De sad sammen og ventede.

# EPILOG

En uge senere var det den 17. januar. Julen var kommet og gået med al den sædvanlige pomp og pragt, ligesom nytårsaften. E-Z var blevet et år ældre, søde seksten, og vennerne var samlet i hans værelse. Charles Dickens var med via Facetime.

Nede i gangen lavede tvillingerne Jack og Jill ballade. Sam og Samantha var stadig ved at vænne sig til de nyankomnes rutiner. Ingen i huset havde fået meget søvn, før de åbnede deres julegaver. E-Z, Lia og endda Alfred fik lydisolerende hovedtelefoner.

E-Z havde tænkt på andre måder, hvorpå de kunne besejre The Furies. Udover hans idé om at gå efter dem i spillet var der ikke mange andre muligheder.

Mens de andre sov, havde han haft et par samtaler med Charles online. Charles mente, at det ville være »totalt badass« at slå dem i deres eget spil.

E-Z var lidt bekymret for, hvilke andre udtryk de detektorister lærte Charles. Sammen besluttede de at informere gruppen om deres diskussioner om, hvordan de skulle komme videre med spilideen.

»Det er nemt,« sagde Charles Dickens. «E-Z og jeg talte i telefon forleden, og vi fandt ud af, hvad der kunne virke. Hvis de har nogle oplysninger om De Tre – jeg mener, I er overalt på internettet – så kender de jer. Men de kender ikke mig.

»Ikke at de ville være bange for mig. Selvom Edward Bulwer-Lytton engang skrev: 'Pennen er mægtigere end sværdet. ' I dette tilfælde håber jeg, at det er sandt.

»Så jeg har øvet mig med mine venner, detektoristerne. Vi har fundet ud af, at det bedste spil at få dem med i er et eksisterende spil. Og vi tror, vi kender det perfekte spil.

»Det hedder The PK Crew. Spillet er klassificeret som 13+ eller 12+ nogle steder, og det er gratis. Målet med spillet er at dræbe alle, inklusive din familie og venner. Du får belønning for hvert drab, men når du dræber mennesker, der står dig nær, får du endnu flere point. Flere penge. Endda berygtelse inden for spillet. Dit billede på PK TV. På forsiden af avisen The

Peachy Keen Times. Spillet foregår i en fiktiv by ved navn Peachy Keen. Det er den perfekte fælde – og det er et spil, vi selv vil lancere. Jeg vil spille som en tolvårig, de vil komme ind i spillet, og I vil allerede være der.«

»Det er sikkert nok,» sagde E-Z, ›I er jo allerede døde – i jeres tidligere liv – så de kan ikke dræbe jer.«

Der blev banket på døren. ‹Der er åbent,« sagde E-Z.

Lia sprang op og kastede armene om Rosalie. »Godt at se, du er vågen,« sagde hun, mens hun krøb ind i sin vens tykke sweater.

Rosalie var blevet en vigtig del af deres team. Men hun måtte kun blive hos dem én dag til. Derefter skulle hun tilbage til hjemmet.

Da hun gik tværs gennem rummet for at sætte sig, klappede hun svanen Alfred på hovedet. De var alle blevet gode venner, siden hun var kommet før babyerne.

»Der er noget, jeg skal fortælle jer. Først vil jeg sige tak for at have taget så godt imod mig. Det har været dejligt at se jer, og tak fordi I har fået mig til at føle mig som en del af jeres team.«

»Ahhhhh,« sagde Lia.

»Det, jeg skal fortælle jer, er, at jeg har skrevet i en bog om andre børn med særlige kræfter, ligesom jer. Den ligger i min natbordsskuffe. Næste gang I kommer på besøg, giver jeg jer den, så I kan hente de andre og få dem til at hjælpe jer med at besejre Furierne.«

»Vi får brug for al den hjælp, vi kan få,« sagde Lia.

»Raphael og Eriel tror, de kan hjælpe jer, derfor ville de have mig til at give dem detaljerne. Det var derfor, jeg skrev det ned – så jeg ikke glemte noget vigtigt.«

»Var det derfor, Raphael og Eriel trak dig ind i det hvide rum?« spurgte E-Z.

»Ja og nej. Jeg mener ja. De ved om de andre børn. Men nej, de bad mig ikke direkte om at give dem oplysningerne om dem. Jeg ved, at disse børn er vigtige for jer, og uden dem kan I ikke besejre Furies.«

»Hvad ved du om Furies?« spurgte Alfred.

Rosalie rystede og krydsede armene. «Jeg ved et par ting om dem. De er tre skræmmende søstre, der er vendt tilbage til Jorden for at gøre ondt.«

E-Z sagde: »Du laver ikke sjov. Jeg har selv set den skade, de har gjort indtil videre. Vi arbejder på en plan. Men sig mig, hvor er de andre børn? Tror du, de vil hjælpe os? Det er, hvis vi kan finde ud af, hvordan vi får dem hertil.«

»Det er gode børn, men du må spørge dem og deres forældre om lov. Den ene er på den anden side af jorden i Australien, den anden er i Japan og den tredje er i USA i Phoenix, Arizona. Der er måske andre, men det er de eneste tre, jeg har haft kontakt med indtil videre,« sagde Rosalie.

»På den anden side vil det komplicere tingene at bringe nye børn ind,« sagde E-Z. «Desuden vil der ikke være nogen til at overtage efter os, hvis vi fejler. Det er måske bedst, at vi klarer det selv med så lidt eksponering som muligt. Hvis vi kan gøre det, altså fjerne The Furies – hvorfor involvere andre? Fremmede? Hvorfor risikere andre børns liv?«

»Det er ikke så længe siden, at vi alle var fremmede,» sagde Alfred.

»Jeg er stadig en fremmed – selvom vi er i familie,« indskød Charles Dickens. »Men jeg er ikke en af De Tre. E-Z har kommandoen, og jeg er glad for at gøre, hvad han synes er bedst. Detektørerne siger, at jeg er en nybegynder. Og det er sandt.«

Rosalie kiggede på drengen på skærmen. »Vi er ikke blevet præsenteret ordentligt,« sagde hun. »Jeg hedder Rosalie, og jeg er ret sikker på, at jeg er mere nybegynder end dig.«

Charles lo. ›Jeg hedder Charles Dickens.«

»Er du i familie med, du ved, DEN Charles Dickens?‹ spurgte Rosalie.

»Øh, ja, det er mig – reinkarneret.«

Rosalie lo. »Jeg troede, jeg havde hørt det hele. Nå, men jeg er glad for at møde dig, Charles.«

Der blev banket højt på hoveddøren.

Få sekunder senere kom der støvlet fodtrin ned ad gangen trods Sams protester.

»Rosalie,« sagde den mest muskuløse af de to mænd gennem den lukkede dør. «Det er tid til at vende tilbage til hjemmet. Du skal have din medicin, så kom ud, ellers må vi komme ind efter dig.«

Rosalie rejste sig: »Det ser ud til, at jeg har fortalt jer alt, hvad I behøver at vide, og i sidste øjeblik.« Hun gik hen til døren, åbnede den og gik ud sammen med plejerne.

Et minut i ambulancen, så var hun i det hvide rum. Hylderne og bøgerne var de samme, men lugten var anderledes. Før var der ingen lugt, men nu lugtede der dårligt. Stinkende. Modbydeligt. Som klor og rådne æg.

Gennem væggen kom tre kvinder klædt i sort fra top til tå. I stedet for hår havde de slanger. Og flere slanger kravlede op og ned ad deres arme. De fløj mod hende. Deres flagermuslignende vinger stod i kontrast til rummets renhed og hvidhed. Blod skummede ud af deres øjne, mens de svingede deres piske i hendes retning.

Og deres stank var uudholdelig.

»Fortæl os, hvad vi vil vide,» skældte furierne i kor.

»Jeg ved ikke, hvad I spørger mig om,« sagde Rosalie og holdt sig for næsen.

PISK.

Piskens smæld strejfede den gamle kvindes kind. Da hun rørte ved sit ansigt og kiggede på sin hånd, var den dækket af blod.

»Det ved du godt,« sagde Allie, mens hun og hendes søstre igen svingede deres piske i nærheden af den ældre kvinde.

»Jeg ved ikke, hvad I mener.«

En bogreol væltede. Hvis det ikke havde været for den hurtige stige, ville Rosalie være blevet knust under den.

PISK.

Jeg drømmer, tænkte Rosalie. Jeg må vågne. Jeg må vågne NU og komme væk fra disse forfærdelige, stinkende væsner.

Endnu en bogreol faldt.

Og endnu en. Og endnu en.

Snart ramte stigen også gulvet og sprang op. En gang, to gange, tre gange. Så gik den i stykker.

»Åh nej!« råbte Rosalie.

»Du skal fortælle os det, skat,« krævede Tisi, mens hun løftede den ældre kvinde op fra gulvet og viklede sine slangearme omkring hende.

Rosalies fødder dinglede faretruende, mens slangerne strammede grebet om hendes overkrop.

»Pas på, søster, du giver hende et hjerteanfald,« skreg Meg og kom tættere på Rosalie. »Giv os, hvad vi vil have, skat.«

»Jeg siger ikke noget. Uanset hvad I gør ved mig,» sagde Rosalie.

Hun var så modig. For hun vidste, at hun ikke var alene. Lia var der og lyttede.

»Det her er spild af tid,« sagde Allie, mens hun sendte en pisk gennem luften og slog en hel væg med bogreoler ned. Et par bøger med vinger kæmpede for at komme ud fra under reolerne. En forsøgte at flyve med sin eneste tilbageværende vinge.

Tisi vendte sig mod den fjerne væg og satte ild til bøgerne. De faldt som dominobrikker oven på stakkels Rosalie, der blev begravet under de brændende bøger.

Furierne lo højt og stolt.

Rosalie kaldte på Lia i tankerne. Hvor er du, Lia? spurgte hun. Hvor er du, lille ven?

Tilbage i huset åbnede E-Z sin bærbare computer. »Okay, vi har haft tid til at sove på det. Er vi alle enige om, at vi ikke har andet valg end at bekæmpe furierne?«

Lia og Alfred nikkede.

»Og vi skal finde de andre børn og bringe dem hertil. Vi er tre, og de er tre. Lia, du tager til Phoenix – Little Dorrit kan køre dig, eller du kan flyve.«

»Jeg foretrækker Little Dorrit.«

»Okay, det første barn er klaret. Selvom vi ikke ved, hvad hun hedder, eller hvor i Phoenix, Arizona, hun er. Og du skal have lov af hendes forældre. Det bliver ikke let, for du skal fortælle dem, hvilken fare deres barn vil komme i.«

»Ja, jeg må få flere detaljer fra Rosalie.«

»Alfred, du kan tage til Japan. Jeg foreslår, at du flyver – vi må finde ud af logistikken. Du skal flyve tilbage med barnet, hvis forældrene giver dig lov. Igen har vi brug for nærmere oplysninger fra Rosalie om, hvor barnet er. Og der vil være en sprogbarriere, medmindre du kan japansk?«

Alfred rystede på hovedet.

»Jeg finder en oversætter.«

»Vi skaffer dig en telefon, og du kan downloade en app, der oversætter for dig. Der vil være en indlæringskurve,« sagde E-Z. «Især da du ikke har fingre.«

»Det lyder godt,« sagde Alfred. «Jeg må gå i gang med at lære at bruge telefonen med det samme. Det burde ikke tage lang tid at finde ud af. I mellemtiden kan Rosalie fortælle barnet, at jeg er en svane, så det ikke falder om og besvimer, når det ser mig første gang.«

»Det er en god idé,» sagde Lia. ›Men hvordan vil du skrive?«

»Jeg kan bruge min næb.«

»Eller et stemmeaktiveret program,‹ sagde E-Z.

»Sejt,« sagde Lia og Alfred i kor.

»Og jeg flyver til Australien. Jeg tager et fly tilbage med barnet, men det går hurtigere, hvis jeg flyver direkte dertil. Åh, og en ting til, vi skal finde på en faldlem til os selv. En måde, hvorpå vi kan komme ud – hvis en eller flere af os bliver fanget, dræbt eller kommer til skade. Vi skal være forberedte på alt. Hvis vi dør, før vi er færdige med det her, er der ingen tilbage til at samle brudstykkerne.«

»Ærkeenglene,» stammede Lia og standsede. Hun rystede og kunne ikke få vejret. Hun slog armene om sig selv.

»Er du okay?« spurgte E-Z.

»Shhh,« sagde hun. Der var ingen lyde i rummet eller i hendes sind, der var fuldstændig og total stilhed. Hendes hjerterytme vendte tilbage til det normale, ligesom hendes vejrtrækning.

»Falsk alarm,» sagde hun. ›Jeg troede, der var noget galt, som om jeg modtog et SOS, men alt ser ud til at være i orden nu.«

»Sker det ofte?‹ spurgte Alfred.

»Nej,« sagde Lia.

»Okay, lad os begynde at brainstorme,« sagde E-Z. Og de brugte resten af dagen på at lave en liste, hvor de fokuserede på, hvad der kunne gå galt, og hvad der kunne gå rigtigt.

De gik på deres værelser og sov.

Det var en fredelig nat for alle undtagen Rosalie.

Rosalie, hvis stemme ikke blev hørt.

Hvis stemme ikke blev besvaret.

Der kom ingen hjælp.

Det Hvide Værelse blev ødelagt.

Ingen kom for at redde Rosalie.

Fra de onde furier.

# TAK!

Kære læsere

Tak, fordi I har læst den tredje bog i E-Z Dickens-serien... Jeg er ked af den triste slutning, men sådan er det jo nogle gange.

Den sidste bog udkommer snart!

Tak endnu en gang til alle, der har hjulpet mig med at gøre denne serie til det, den er blevet, herunder mine betalesere, korrekturlæsere og redaktører. Stort tak!

Til mine venner og familie: Tak for jeres opmuntring og støtte.

Og som altid: God læselyst!

Cathy

# OM
# FORFATTEREN

Cathy McGough bor og skriver i Ontario, Canada, sammen med sin mand, søn, kat og hund.

# OGSÅ AF:

UNG VOKSEN

E-Z DICKENS SUPERHELT BOG FIRE: PÅ IS

A Mathematical State of Grace Complete Series

**NON-FICTION**

103 Fundraising Ideas For Parent Volunteers With

Schools and Teams (3RD PLACE BEST REFERENCE 2016

METAMORPH PUBLISHING)

+ Children's Books